JN156708

福岡市文学館選書 3

那珂太郎

はかた随筆集

那珂太郎

発行―福岡市文学館
発売―海鳥社

晩年の那珂太郎

那珂太郎はかた随筆集◉目次

I 博多……11

Ⅳ 習作

凡例

漢字表記は現行字体（常用漢字）とし、仮名遣いは原文のままとした。

「Ⅳ　習作」は、随筆ではないが、福岡時代の文学活動として収録した。

なお、底本「青々」が謄写版刷であり、複数の筆耕者の書き癖が反映して、仮名遣いに混乱（特に促音）が見られるが、初出のままとした。

明らかな脱字・誤字は訂正した。

I　博多

昭和初期の博多・那珂川の橋のたもとの水上公園手前から
川向こう（向かって橋の右側）に立つブラジレイロを望む。

はかた自注

Ⅰ

なみ
　なみなみ
　　なみなみなみなみなみ
くらい波くるほしい波くづほれる波
もりあがる波みもだえる波もえつきる波
われて
くだけて
さけて
ちる
なだれうつ波の　なみだのつぶの

なみなみあみだぶつ　ぶつぶつぶつぶつ
なびく莫告藻(なのりそ)の　つぶだつ記憶のつぶやきの
　泡ときえぬ
　沖つ潮あひにうかびいづる
　　鐘のみさきのゆふぐれのこゑ
思ひのなみ　重い鉛のなみの
なにを恋ふとか大島のうらかなしげに
こゑはいづこ　鐘は沈んでわたつみのそこと
ゆふやみのなやみの波波のよせくるよせくる
このしろき波の列はさざなみのうたかたの
みをつくしみなわの倭(わ)の那(な)の国の
茅(ち)の輪なす海のなか道なみのなぎさに
たゆたふ玉藻の香椎潟　箱崎の浜をすぎ
あまざかるひなも宮処(みやこ)もすみよしの住の江の
　そこつつのを
　なかつつのを
　うはつつのを

神垣のまつにぞたのむ言の葉のみちの
松月庵の滴露の井の石のそらを
二つのねずみ　きそひはしり
四つのくちなは　あらそひ侵(をか)して
目をわたる鳥　あかねさす旦(あした)にとべば
隙(げき)すぐる青馬　たまかぎる夕べにかけ去り
とめどなくとけゆく時のをだまきのくり糸に
うす墨の袖の湊は七つのながれの町となり
松の葉におなじ世をふるしぐれのいろの
ささがにの蜘蛛手にわたるまぼろしは
こころつくしの秋のはての
はろばろに血のちぎれ雲千重(ちへ)にへだてる
　たまきはるひとのいのちつくしのくには

Ⅱ

くらいはてしない古代の海の底からせりあがり

燃えあがるいくさの火焔のなかにくづれおちた
　不在のふるさとの　ふるへる風景——

は　はははそはのははの町はるかな灰のまぼろしの町
か　かげろふの　かへらぬかげのかなしみの日日
た　たまゆらの太鼓のとほい高鳴り……
どんたく囃子よ　舁（か）き山笠の掛け声よ
豊太閤をまつる社（やしろ）のなのみの樹の　赤い実よ
奈良屋尋常小学校の　砂場のそばのふるい肋木
蔵本番（くらもとばん）　行町（ぎやうのちやう）　金文字の黒うるしの大看板
雨のはもんどおるがんの　古門戸町（こもんど）
上対馬小路（かみつましやうぢ）　中対馬小路（なかつましやうぢ）　下対馬小路（しもつましやうぢ）
夜ふけの銭湯の　番台のおばしやんのおはぐろ
綱場（つなば）　掛町（かけ）　麹屋番（かうぢやばん）　復古堂の平助筆の文具ぶくろ
木煉瓦（もく）のかるいひびきの　仲新道（なかしんみち）の
桃太郎の金太郎の正ちやん冒険の武者絵の　ぱつちん
むらさきいろみどりももいろの縺れの　もつさん

日月（にちげつ）ぼおる　独楽　おはじき　らむねの玉
石筆でかいた陣とりの円形をくまどる
翡翠のひぐれの蝙蝠の　点燈夫のともすガス燈よ
　あのあそび仲間はみんなどこいつた？
　……ビルマのあつい火のそらにきえた
　小間物屋の西川の　泣虫のえいちやん
　仏壇屋の梅谷の　どもりのじつちやん
紅屋（べにや）通りのあき家のかくれんぼのかくれがの暗がり
川端（かはばた）の大通りの陶器店ふとん屋めがね屋金物屋
鏡天満宮から右へ博多川のどぶのにほひの寿橋
左へ曲れば新道（しんみち）の　お菓子屋袋物店はきもの屋洋品店
三苫（みとま）一覚堂の薬湯（やくたう）の　にがいにほひ
ゑり屋のみだれ籠の半襟の　つめたい絹の感触
東新道（ひがししんみち）のかどのかもじ屋の髪油のにほひ
片土居町のせまい路地の紙芝居の拍子木の音
一銭洋食のメリケン粉にしみるソオスのにほひ
梅月堂の梅ぼし飴と半月がたの味噌せんべい

綱敷天神の境内から
　　　　いつせいにとび立つ鳩の羽おとよ
あのあをいあをい空はどこいつた？
とほいとほいとほいはてしないそら
黒闇（こくあん）のいくさのほのほに燃えつきた
あのあをいをさない日の透明なそら

Ⅲ

中洲の橋のたもとにたたずみ目をつむると　おい伊達得夫よ
あのブラジレイロの玲瓏たるまぼろしが浮んでくるぢやないか
ほら　ぎんのさざなみに魚の刃が閃き草仮名をかいて鷗がかすめる
対岸の森の公会堂の　青錆いろの尖塔につき刺され
よろめく夕日がクリイムのカンバスに血をながしてる
ラ・クンパルシイタは川風に吹きちぎられ……
青春とはなんだ？　青ざめた春か　青くさい春か　それとも
むなしくアホくさい春のことだつた？

鈴懸の精液の青くさい葉かげの街路をあるきながら
世紀末の作家の死にぎはの口調さながら
〈暗い　おおじつに暗い！〉とつぶやくと
じつさい暗い重い空気があたりにたれこめてきたな
レイロの椅子にもたれ胆汁色の珈琲をすすりながら
ロシヤのおちぶれた小地主のせりふをまねて
〈おれの生涯は滅びてしまつた！〉とおらぶと　掛値なしに
物倦い疲れとふかい哀しみがおれたちの胸にしみわたつた
おれたちの欲望にはどんなめあてもてだても欠けてゐたから
いかなる陰湿な日常の肉の襞にもみたされることなく
水上公園の小暗いしげみにしろい噴水が
ひたすら空へむけてむなしくほとばしるのをながめてゐた……
大陸ではてしない泥濘のいくさがつづき　もつと険しいいくさがやが
　て始まらうとしてゐたが
いくさがあらうとあるまいと　アホくさい春の
空気はいつも暗く重かつたとおまへは言ふか？
〈だつて得（とく）よ〉と軽口たたかれた伊達得夫よ

得だと見られた損な役をおまへは演じて　贅肉ひとつつけぬまま
だれよりさきに死んぢまつてさ……でも
とりかへのきかぬ時代のかけがへのない青春を生き
（強ひられた時代の虐げられた青春とそれをだれが呼ぶ？）
おまへの人生に過不足はなかつた　と
どうやらやつと思へてきたおれはといへば
わたつみの　沖つ潮あひにうかぶ泡の
消えぬものから寄るかたもない古今のこころか
……目をあけると　ブラジレイロの白堊はあとかたもなく
福助足袋の広告塔も　乙(おと)ちやんうどんの大提燈もない
おれたちにはまるでよそよそしいここは異土だ　かつて一度は
骨だけの焼野をさはさはと潮風が吹きぬけていつたが
いまはビルが立ちガスが満ちみだらな迷彩に蔽ひつくされ
もはや磯の香もせぬ羊羹色の川の上の
しらけたまつぴるまのまがひものの博多の町を
博多言葉もろくにあやつれぬわかものたちが　おきうとみたいに
ヒツピイまがひのひげなんぞ生やし　ほそ身の

ジイパンはいてカツコいい気でカツポしてるぢやないか
ピケはるひげ　卑下したひげ　悲劇的なひげ
仁輪加もどきのダジヤリズムで　きみらわがもの顔のわかものを
ばかものともあけぼのとも言ひはしまい
くるほしいくらげなすくらい内部のくだをくぐつて
〈信念はうそより危険な真理の敵〉などとくだまいたおれたちは
あたふたと旗ふりしたり気に舌叩くこともしなかつたが
わが身ひとつを支へきれる自律の独楽でもありはしなかつた……
きみらに風景はどんなふうに見える？　おれたちの目には
　O ! Meine Alt-Hakatasburg am Nackar !
わが内なる町の原像がだぶつてなんともせつないが
きみらはそれを老眼性乱視とわらふつもりか？
——さうさ原像もつまりは私的幻像
百年昔はここら一帯　菜種かぼちやの花ざかりだつたし
五百年前ここを過ぎた連歌つくりの旅びとは
〈それより塩屋おほく所のさまもさびしげなるを〉としるしとめた
千年昔はわたつみの底　あなたづたづしあしたづが飛び

うろこ波のうへを唐船が漕ぎわたつてゐた……
このうつつの地面もうつろふかりそめの仮構の舞台さ
さあ伊達よ天神町（てんじんのちやう）から急行電車に乗らう　すすり泣く菫咲く野へ
かなたへ　君といざかへらまし！
薬院口から高宮の方へ　三十年むかしと同じ線路を
いきぐるしい時の重みに　轢きころされた友のしかばねの上を
しんだ
しんだ
しんだ
しんだ
車輪の響きはレエルを衝つて際限もないが
いちめんのなのはな　はすべてまぼろし……
おお　ひとのいのちつくし野の　麦の穂なみを噴きあげる
はるかにはてしない黄金の夏よ
大野山霧たちわたるわが歎く息嘯（おきそ）の風の
すすきざわめくしろがねの秋よ
蜷（みな）の腸（わた）かぐろいおれの髪もムジナの灰色になつた

菫ももはやどこにもみえぬあれた野原に
てふてふが一匹　紙きれの凬にゆられて
あむばるわりあの老いた牧人のつぶやきのやうに
〈蝶の翼に
ゑがかれた星座に
かぎりない絶望
の変遷がのこる〉

Ⅳ

ししししし　しぐれる志賀(しか)の島のしめやかなしら砂よ
落日の乱雲よ　らむね色のらんぷの光輪よ
ぬえくさの濡衣塚のぬれる千の燈明
彼岸のひかる干潟の万のひとみ
月の露　堤の土筆　鶴の子のまるみ
櫛田のやしろのぎなんの木の朽ちゆく黒
しししししししし　精霊流しのしののめの死の舌よ

……

……

しらぬひ筑紫　雫干ぬらし

……

……

鳩が破裂する　放生会のはこざきの浜で
蓮(はちす)の花が破裂する　はるかな夢のふる池で
蜂の巣が　白桃が　はまゆふが　浜栗が
櫨(はぜ)の木のハアプが薄明のははの墓が
破裂する　廃墟の花火が白昼の闇のなかで

……

鏡のなかのなびくかすみの髪の香りが枯れる
川霧のかげの河骨がかきつばたが枯れる
枯れる　かなしみの海藻も観念の唐草模様も
観世音寺の鐘よ瓦よ戒壇院の壁のくづれよ
からし菜殻火のかがり火よ燃えつきよ

……

颱風にくるめく鷹も凧も　たえだえの雲も
たそがれの袂も立つしら波の玉藻も
たふれよ　竹むら
たふれよ　滝つ瀬
絶えよ玉の緒……

詩作品を構成する言葉の一一は、つねに多様な享受の可能性にむけて開かれてゐて、読者めいめいが各自の感受に応じてその意味を自ら創出する筈のものである。作者自身の意図なり作品制作の経緯なりは、読者の自由な享受を拘束するなんらの特権ももたぬこと言ふまでもないが、それにも拘らず、作者は自注を加へることによつて、一つの位相のもとに作品を照し出したいとの誘惑をときにおぼえるもののやうだ。自作についての言表は、あるいは作者の一種の自己韜晦にすぎず、作品の真の意味を無意識のうちにも秘匿することが稀ではないし、一方読者にとつても、そこに記される程度の注はあらずもがなの蛇足であり、場合によつては却つて想像の自由を妨げると感じられるだらうことを承知の上で、これを試みるのである。

「はかた」を書いたのは一九七二年秋である。その前年の夏に十数年ぶりに生れ故郷の博多に帰つたことが、これを書く直接のきつかけとなつたに違ひなく、七二年夏にもう一度帰郷し、幼少時とはすつかり変つてしまつた町なかをあちこちと歩き廻り、また郊外の太宰府趾や観世音寺、戒壇院のあたりをたづね、さらに志賀島へも渡つたのだつた。眼前の景はつねにまぼろしを――即ち私自身の幼少年時の記憶と共にこの土地自体にまつはる歴史の回想を呼び起し、重層的な厚みある時空を含む詩語の構成を唆かした。自分にとつて詩作することの意味は、言ふまでもなく、単なる個人的感慨の表白にはなく、それを普遍的などのやうな言葉の組織体にまで――そして畢に「はかた」といふa母音連禱のどのやうな音楽にまで昇華し得るか、といふことにあつた筈である。

まぼろしのものとはいへ「はかた」といふ具体的なモチイフがある以上、何らかの叙事性は避けられない。各章それぞれ異なるスタイルをもつ四つの章から成る交響詩形式、序章と終章は直接の〈語り〉の要素はできるだけ排し、語音自体の自律性によるかたちで構成し、中間のⅡ・Ⅲ章はむしろ素朴な叙事性をもつ〈語り〉のスタイルを敢て用ゐて、昭和初年代と昭和十年代の記憶をそれぞれ刻んで置くことを、おほよそのもくろみとした。

Ⅰは「なみ」といふ語の自律運動に導かれて徐徐に不在の「はかた」への接近をめざす。海のイメェジを示すこの語は同時に「無み」といふ語意を含むが、無化された「はかた」への道ゆきは、古典詩歌の綾なすくさり連歌によつてすすめられる。無論それは歴史的風土の形象化のために要請される方法であるが、そこに作者の思ひをひそませることが意図されてゐる。これらの詩語の典拠に関してたとひ何の知識もなかつたとしても、音律のながれによつて、それは読者にしかとした情動を生むものでなければならないだらう。（尚、冒頭の「なみなみなみなみ」について、「那珂太郎『はかた』の構造（「暗河」二三号）といふ論でさかぐち・ひろし氏は、「なみなみ」を「な── みなみ」と解釈することも可能だとし、さらに「『な』は汝とも奴（那）ともいへる。前者の場合『汝』は一人称・二人称のどちらでも、『南』を東京から見た博多の地理的関係としても、ただ漠然と南洋のこととしてもとらへられる。後者はいはゆる『委奴国王』の『奴』でもよいし、那津──博多の古称──の『那』でもいい。いづれにせよ『なみなみなみなみ』を『な（は）みなみ、な（は）みなみ』といふ絶叫に近い連禱と読む方が、漫然と『波波波波』と読むよりもふさはしい。」との読解を示された。）

以下、簡単に注を加へる。

＊われて／くだけて／さけて／ちる　源実朝『金槐和歌集』「大海の磯もとどろに寄する波われてくだけてさけてちるかも」。

＊泡ときえぬ／沖つ潮あひにうかびいづる／鐘のみさきのゆふぐれのこゑ　『草根集』巻十、正徹。この歌の本歌として次の諸作がある。

『万葉集』巻七「ちはやぶる金の岬を過ぎぬともわれは忘れじ志賀（しか）の皇神（すめかみ）」。

『古今集』巻十七、よみ人しらず「わたつうみの沖つ潮合に浮ぶ泡の消えぬものから寄る方もなし」（Ⅲ章再引）。

『新古今集』巻十八、家隆朝臣「和歌の浦や沖つ潮合に浮びいづるあはれわが身のよるべしらせよ」。

『新続古今集』巻十、正三位義重「聞きあかす鐘のみさきのうき枕夢路も浪にいく夜隔てぬ」。
＊なにを恋ふとか……　『源氏物語』玉鬘の巻「舟人もたれを恋ふとか大島のうらかなしげにこゑのきこゆる」。
＊こゑはいづこ……　芭蕉「月いづこ鐘は沈みて海の底」。芭蕉の発句は敦賀鐘が崎での詠であるが、敦賀鐘が崎の海士は筑前鐘が崎から移り住んだものといふ。
＊ゆふやみのなやみの……　「言ふ」と「夕闇」との掛詞。
＊よせくるよせくる／このしろき波の列は……　萩原朔太郎の『月に吠える』中の「春夜」に「よせくる、よせくる、／このしろき浪の列はさざなみです」。
＊茅(ち)の輪なす海のなか道……　宗祇『筑紫道記』に「海の中道はるかにめぐりたるさま茅の輪のごとし」。
＊たゆたふ玉藻の香椎潟……　『万葉集』巻六、小野老「時つ風吹くべくなりぬ香椎潟潮干の浦に玉藻刈りてな」他。
＊あまざかるひなも宮処(みやこ)も……　「住吉神社由来記」に、伝正徹歌として「あまざかるひなも都もすみよしと思ふところぞ住吉の里」とある。この拙劣な歌は正徹作とは見なし難いが、今も住吉神社境内に右の通り表示されてゐる。
＊そこつつのを／なかつつのを／うはつつのを　住吉神社に祀る三神、底筒男・中筒男・表筒

男。

＊神垣のまつにぞたのむ……　宗祇『筑紫道記』に、一夜松の伝説をもとに、「神垣の松にぞたのむ言の葉もすぐなる道に立ちやなほると」の作がある。

＊松月庵の滴露の井の……　「住吉神社由来記」に「なほ神社の側に京都東福寺の書記正徹禅師が佳景を愛して松月庵を建て、滴露井を穿つて茶道の風雅をたのしんだ」とあり、その遺跡をとどめる。史実としては正徹にここに移り住んだといふ証拠はなく、這般の事情から信じがたいが、彼の別号「松月庵（または招月庵）」と偶〻同じ名をもつ庵がこの地にあつたところから生れた伝説かと思はれる。

＊二つのねずみ　きそひはしり……　『万葉集』巻五、山上憶良「日本挽歌」序に「二鼠競走、而度目之鳥旦飛、四蛇争侵、而過隙之駒夕走」。

＊とめどなくとけゆく時のをだまきの……　『伊勢物語』、「古のしづのをだまきくりかへし昔を今になすよしもがな」。

＊袖の湊は七つのながれの……　「袖の湊」は博多の古名。平清盛が名づけたといふ。のち、この町は度度戦火を蒙つたが、豊臣秀吉が天正十五年（一五八七）に町割を行ひ、再興した。

＊松の葉におなじ世をふる……　宗祇『筑紫道記』に「松の葉におなじ世をふる時雨かな」。

＊ささがにの蜘蛛手にわたる……　正徹『草根集』に「往事如夢」として「ささがにのくも手にわたるこの世かな一すぢとほき夢の浮橋」。

＊こころつくしの秋のはての……　『古今集』巻四、よみ人しらず「木の間よりもり来る月のかげ見れば心づくしの秋は来にけり」。『源氏物語』須磨巻「須磨にはいとど心づくしの秋風に海はすこし遠けれど……」。

＊はろばろに……　『万葉集』巻五、「はろばろに思ほゆるかもしら雲の千重にへだてる筑紫の国は」。

Ⅱは昭和初期、一九二〇年代後半の幼年時の記憶のなかの町名と商店の羅列によつて構成されてゐるが、店の順序などは必ずしも事実通りとはかぎらない。博多の最も賑やかな中心地だつたこのあたりの商店街は、太平洋戦争末期昭和二十年六月十九日の米軍空襲によつてすべて灰燼に帰した。戦後やがてその焼跡に、昔に比べると道幅も遥かに広く家並も整然と、元通りの屋号をもつ店の多くが建て直されはしたものの、いつか町の中心はずつと西部の、新たに出来た新天町の繁華街の方に移つてしまひ、かつては雑沓する履物の音が快く響いた木煉瓦の通りが、今は変哲もないアスファルトの鋪道に変つて、店店のたたずまひもひつそりと、人の姿も疎らでしかなくなつてしまつた。綱敷天満宮も、子供の頃の記憶では境内も相当の広さだつた筈なのに、今は周りをアパアト風のコンクリイト塀に囲まれた祠みたいな狭さになつて、何十羽となく羽ばたいてゐた鳩の影も、もう全く見られなくなつてゐる。ここにしるされた区劃は同じ町名を残す場合も、その町並は往時の原形をほとんどとどめず、いまは不在であるゆゑにこれらの名は詩語となり得た、ともいへる。その一一についての注は省く。（「ゑり屋」の正しい仮名遣は「えり屋」であるが、ここには幼年時に見馴れた文字を敢て用ゐた。）

Ⅲは Ⅱから十余年後の昭和十年代なかば、一九四〇年前後の高等学校時の記憶と、現在とをかさねて構成されたため、当時の読書経験から得た文句がことさら編み込まれてゐる。その構図の一部に、J・ジョイス及びS・ベケットによるダブリンの町の詩篇の余響があるかもしれない。「伊達得夫」は福岡高等学校（文科乙類）時代の同級生。戦後、書肆ユリイカ社主となつたが、昭和三十六年（一九六一）一月十六日肝硬変で死んだ。この作品が「ユリイカ」誌に発表されるときは丁度彼の十三回忌に当るといふことも、これを書く動機の一つだつたに違ひない。

＊ブラジレイロ　当時、中洲の那珂河畔にあつた大きな珈琲店。戦災で消失した。（実は空襲二箇月前の四月、強制疎開によつて取壊されたことをのちに知つた。）

＊〈暗い　おおじつに暗い！〉　モオパッサンの言葉。

＊〈おれの生涯は滅びてしまつた！〉　チエホフ『伯父ワアニヤ』第三幕。

＊わたつみの……　Ｉ章注に既出の『古今集』巻十「わたつうみの……」。

＊異土　この語はおそらく辞書には登録されてゐないが、室生犀星「小景異情」中に、「よしやうらぶれて／異土の乞食となるとても……」。

＊〈信念はうそより危険な真理の敵〉　ニイチェ『人間的余りに人間的』。

＊Meine Alt-Hakatasburg am Nackar！ 那珂河畔のわが古き博多の意。Alt-Heidelberg (am Neckar) のもぢり。

＊百年昔はここら一帯　菜種かぼちやの花ざかりだつたし　夢野久作の『押絵の奇蹟』（昭和四年）に、「今（明治三十五年現在）から二十年ほど前に私たちが居りました頃の東中洲は、ただいまのやうに繁華な処でなく、ずつと西北の海岸際と、南の端の川が二つに別れてゐる近くに一並び宛しか家がありませんでしたので、私たちの家だけは、いつもその中間の博多側の川ぶちに、菜種の花や、南瓜の花や、青い麦なぞに取り囲まれ一軒屋になつて居りましたところを、古いお方は御存じで御座いませう」。

＊〈それより塩屋おほく……〉　宗祇『筑紫道記』。

＊あなたづたづしあしたづが飛び　『万葉集』巻四、沙彌満誓への大伴旅人の反しの歌「草香江の入江にあさるあしたづのあなたづたづし友無しにして」。

＊すすり泣く菫咲く野へ　薄田泣菫のもぢり。また西条八十作詞の当時の流行歌「十九の春」に「菫つみつつちる白露に　泣きし十九の春よ春」。

＊かなたへ　君といざかへらまし　薄田泣菫「望郷の歌」のリフレイン。またゲエテ「ミニヨンの歌」にも。

＊いちめんのなのはな　山村暮鳥「風景」。

＊大野山霧たちわたる……　『万葉集』巻五、山上憶良「日本挽歌」反歌「大野山霧立ちわたるわが歎く息嘯(おきそ)の風に霧立ちわたる」。

＊蜷(みな)の腸(わた)かぐろいおれの髪も……　『万葉集』巻五、憶良「世間(よのなか)の住(とどま)り難きを哀しぶる歌」に「蜷の腸　かぐろき髪に　何時のまか　霜のふりけむ……」。

＊ムジナの灰色……　西脇順三郎「近代の寓話」に「私の頭髪はムジナの灰色になつた」。

＊てふてふが一匹　安西冬衛「春」。

＊〈蝶の翼に……〉　西脇順三郎「ヴァリエーション」からの、多少文字遣を変へた引用。

Ⅳ、四章目だから「し音」ではじまるといへるが、同時にそれは「死」を暗示する音でもあり、「しししし」は草野心平の「高村光太郎の死」の詩句による。以下、固有名詞についてのみ簡単な注を加へる。

＊志賀(しか)の島　前引『万葉集』の「ちはやぶる金の岬を過ぎぬともわれは忘れじ志賀の皇神(すめかみ)」以来の歌枕として知られ、志賀海(わたつみ)神社には前記住吉神社と同じく三柱のツツノヲノカミを祀る。天明四年（一七八四）この島西南部の叶崎で「漢委奴国王」の印文を刻む金印が発見されたのはひろく知られる。

＊濡衣塚　聖武帝の時、筑前守護職佐野近世が、後妻に謀られ先妻の子春姫を斬に処したが、のち娘の無実だつたことを知つて出家したといふ伝説あり、今も石堂橋側に濡衣塚をとどめる。

毎年八月十六日に供養が行はれる。

＊櫛田のやしろ　櫛田神社は博多の氏神様として知られ、古くから祇園山笠の行事もここを中心として行はれ、またどんたくの松囃子の行列もここを起点とした。境内のぎなん（銀杏）は樹齢三百年と言はれ、「博多祝ひ歌」に「さてもみごとな櫛田のぎなん／枝も栄ゆりや葉も茂る」とある。

＊放生会　もと仏教の不殺生戒にもとづく法会であるが、博多筥崎宮では九月十二日から十八日にかけて行はれる秋祭で、「はうじやうゑ」は訛つて「はうじやうや」と呼ばれる。例年参道には海岸まで数百軒の露店や見世物が立ち並び、祇園山笠・どんたくとともに伝統的な年中行事の一つ、十八日には鳩の放生が行はれる。

但し、「鳩が破裂する」といふ詩句は、友人小山俊一の、「雀がおのれの生存の全条件を意識し得たとしたら、恐怖のあまり破裂するだらう」といふ意味の言葉（『ＥＸ－ＰＯＳＴ通信』中にあつたと記憶する）から「破裂する」の一語を借用したもの。

＊観世音寺の鐘よ瓦よ戒壇院の壁のくづれよ　観世音寺は太宰府都府楼跡の近くにあり、天平十八年（七四六）建立されたこの寺は西日本仏教文化の中心として著名、その別院の戒壇院は、奈良東大寺・下野薬師寺におけるそれとともに天下三戒壇と称された。『菅家後集』中の七言詩「不出門」に、「都府楼纔看瓦色、観音寺只聴鐘声」と。（以上Ⅳ章の注記は、一九七七年一月の入沢康夫氏との対談の後に追補した。）

省みて、この作品の最上の読者は、やはり作者と世代を同じくする博多生れのごく限られた友人たちだと思はざるを得ないが、どの程度の範囲の読者にまで共鳴を呼び得るかといふ点に、この作品の意味はかかつてゐると言ふべきだらう。

（一九七六年）

遠い記憶

もの心つくまで博多の今は無い新道（しんみち）――商店の並ぶ町なかに育つたので、遠い記憶をさぐるほど自然の風物に関するものはほとんどなく、あるとすれば後来のものといはねばならないだらう。初売りや、どんたくや、山笠や、誓文払ひなど、あれこれの賑やかな町のざわめきといろどり、木煉瓦を敷きつめた通りを往き交ふ人声や履物の軽い響き、店さきの半襟の絹の感触や反物の匂ひばかりが、遥かな方から幻覚となつて甦つてくる。

朝は小鳥の鳴声の代りに、おーきうとわいといふおきうと売り、ぽ、ぽ、と呼びあるく塩売りの声が聞え、あるいは季節ごとの山桃売り、金魚売り、さを竹売りの声、桶の輪替へや割れ物直しの声、またオチニ薬館の軍服姿が奏でる手風琴、きせるのラオ替へ屋の蒸汽の笛、そして夕暮どきには豆腐売りのラッパ、夜更けには支那そばの屋台のチヤルメラの音まで、あの頃の町なかにはいろいろな振り売りの声や物の音が四季折折を彩つて、いつも豊かにゆれうごいてゐたやうに思ふ。もし私に作曲家の才能があれば、あれらの物声だけで一つのノスタルジックな音楽がつくれるだらうに、くやしいことに言葉はそれほど多様な感性的直接性に恵まれてゐない。

昼の十二時には時を知らせる午砲のドンが鳴つた。あれがけたたましく乾いたサイレンに変つてしまつたのは、昭和何年頃のことだつたらうか。その前か後か、小学校に上る前頃までは、夕方になると町角ごとのガス燈に、蝙蝠のやうに身軽な点燈夫が梯子をかけて灯をともしていつたものだ。家の中の電球には、丸い下の部分に尖つた疣がついてゐて、耳をすますとヂヂヂヂとタングステンの燃える音がかすかに鳴つた。

町なかの日常に馴染んでゐた子供はそこで十分満ち足りてゐて、ことさら自然の風物にあこがれることなどまるでなかつたけれども、雨の日が妙に好きだつたのは、雨だけが町の中でのただ一つの自然ともいふべきものだつたからかもしれない。雨あしが通りの木煉瓦にけむるやうに白いしぶきをあげるのを見入つて飽きなかつた。樋をつたふ雨水の音も好きで、昼間でも薄暗い店には電燈がともり、売場の反物の匂ひがいつもよりつよく感じられるのが、ふしぎに心をしつとり落着かせた。

尤も、雨が自然なら太陽の光もまた自然であるに違ひなく、あの頃は町なかでも排気ガスなど今のやうにあつたわけではないし、日ざしは強く、空は紺青に深く澄んでゐた。しかし店店は強い日ざしを避けて、目深な庇からさらに厚い布の日蔽を差出して通りを両側から蔽つてゐた。そのわづかな隙間から洩れる日だまりや、二階の裏手の物干台などで、日光写真といふのをよくやつたものだ。正ちゃん冒険の漫画や、活動（当時は映画をさう呼んでゐた）のチヤンバラ場面などを図柄にした黒いパラフィン紙を印画紙に重ね、木の枠に入れて一、二分も日光に曝すと画像が焼付いた。

近在の農家から野菜を売りにきたをばさんに貰つたのでもあつたらうか、ある時蚕を飼つたことがあつた。このめづらしい小さな白い生きものが、ボオル箱の中でかすかな音を立てながら間断なく桑の葉をたべつづけるのは飽きない見ものだつたが、その餌が無くなつたとき、近所の友だちと一緒に桑の葉をさがしに何キロも離れた渡辺通りの聾啞学校のあたりまで出掛けた。やつと日暮れちかくそれを見つけ、木に登つて箱一杯葉を摘んで持ち帰つたのはいいが、なんとそれは桜の葉だつた。いくらおとなに笑はれても、ふちにぎざぎざのある緑の葉の、大小の違ひはあつても桑と桜の区別は私たちにはつかなかつたのである。

さて昭和二年七月、芥川龍之介が睡眠薬自殺をしたときの新聞記事を、何となく憶えてゐる。大正十一年生れの私はそのとき満五歳半の筈だから、記憶があつてもをかしくはないけれども、果してぢかに新聞を見たのだつたかどうか。当時芥川といふ文字など読めたわけもないし、おとな達が話題にしたことの記憶だつたか、或は後になつてつくられた擬似記憶なのかもしれない。やがて中学一年から二年にかけて、芥川の十巻本の全集を毎月友だちの家の書棚から借り出してはほとんど読み尽したから、その頃になつて逆に自殺当時の新聞の記憶を想像の中でつくり上げたものか。

総理大臣の浜口雄幸が東京駅のプラットフォオムで佐郷屋留雄に狙撃された事件は、鮮明に憶えてゐる。撃たれた直後の写真や、その首相が獅子鼻で口髭を生やしてゐたことも。これは昭和五年十一月のことだから、もう小学校三年生である。

芥川の死や浜口狙撃事件と関係があつたかなかつたか、いや恐らくそれよりもつと前からだつただらう、人が死ぬといふこと、自分の周りの身近の人もやがてみんな死ぬこと、自分自身もまた死なねばならないこと、それがいかにも無法で不当で怖ろしいことに思へ、しばしばそのことに怯えた。夜、熱を出した床の中でわけのわからぬ夢にうなされ、死の恐怖のために金縛りにあつたやうなをののきを繰返した。

小学校三年生の終りちかい昭和六年二月、昭和初年代の周知の不況の煽りをくつて小さな呉服店を廃めた家が、博多の南のはづれの住吉蓑島に引越した。距離にすれば精〻二、三キロの引越だつたが、子供心にもまるで島流しにでもあふやうな気分だつたことを思ひ出す。

引越してきた家の裏手はすぐ那珂川に面してゐて、二階の部屋の眼下にはゆつたりと流れる澄んだ水があり、その向うは遥か高宮平尾の丘まではてしなく田圃がつづいてゐた。しかし幼い頃から賑やかな商店の並ぶ狭い町に馴染んだ私には、それはいかにもよそよそしく情感を欠いた風景としか見えず、日中の遍満する強い光はあまりに眩し過ぎた。

漸く太陽が川下の果てに沈みながら、水のおもてに金色の漣を砕き、一瞬ごとに変幻する空いちめんの雲をいろどるころ、いつまでもぼんやりとそれを眺めてゐることが多かつた。それは美しいといふより、なにか胸をしめつけるやうな息ぐるしさを強ひるものだつたが、私はそのとき、自分がものを感じたり思つたりするといふこと自体に、おびやかされはじめたもののやうだ。世界は理由もなく目あてもなく、ただ在る。さういふ世界の中の芥子粒のやうな存在でありながら、なぜものを感じたり思つたりして自分は生きてゐるのか。やがてはあの彩られた雲と同じやうに、自分もまた確実に消滅してしまふ筈なのに、なぜいまここに感じ且つ思ふものとして在りつづけるのか。理窟ではなく、紛れやうもない切ない感覚として、存在すること自体に私は恐怖をおぼえた。

（一九七六年）

在りし日の博多

故郷は、と訊かれれば博多、と答へるけれども、それは人口百万を超える現在の福岡市のことではなく、戦災に遭ふ前の、いやもつと正確にいへば、自分が幼少期を過した昭和初年代の博多の町に他ならない。つまりそれはもはやこの地上には存在せず、まぼろしとして人の記憶の中にしか無いのであつて、故郷を懐しむといつても、自分の子供の頃を懐しむのか、或は昭和初期といふ時代そのものを懐しむのか、区別のつきかねるところがある。

尤もそんなことを言へばいつの時代だつてさうで、明治生れの人にとつては、明治の頃の町しか故郷とは感じられないといふことになるのかもしれないけれど、太平洋戦争の前と後ではやはり他の時代とは異つて、その変化のはげしさは格段に大きいに違ひあるまい。

昭和二十年六月十九日、米軍Ｂ29の空襲で私が幼少時を過した新道・仲新道・麹屋番一帯の、古い博多の商店街は殆ど灰燼に帰した。戦後やがてその焼跡に、昔に比べると道幅も遥かに広く家並も整然と、元通りの屋号をもつ店の多くが建て直されはしたものの、いつか町の中心部はずつと西の、新たにできた新天町の繁華街の方に移つてしまひ、先年十数年ぶりに訪れたときも、かつては雑沓する履物の音が快く響いた木煉瓦の通りが、変哲もない鋪装道路に変つて、店店のたたずまひもひつそりと、人の姿も疎らでしかないのに驚かされたのだつた。町なかの綱敷天満宮も、子供の頃の記憶では境内も相当の広さだつた筈なのに、今は周りをアパアト風のコンクリイト塀に囲まれた祠みたいな狭さになつて、何十羽となくはばたいてゐた鳩の影も、もう全く見ることもできなかつた。

昔の博多は、年中いろいろな行事があつて情感ゆたかな町だつたが、今ではどうなつたものか。戦後はどんたくなども偶にテレビの画面で見るだけで、実際を知らないが、昔の情趣は呼び返すすべもなささうだ。私の子供の頃はどんたくの日には、商店街の家毎に緋の毛氈を店先に敷き、冷酒と昆布・するめ・蒲鉾などの肴を並べ、預り笹を用意してながしの即席芸人を接待した。麴屋番のアサヒ屋といふ大きな食料品店には臨時の舞台が設けられ、歌や踊り、博多仁輪加などが入れ替り立ち替り演じられるのを、眺めて飽きなかつたが、その店も久しい以前に無くなつた。

杓文字を鳴らすどんたく囃子が三三五五通りをうねり歩き、町全体がほろ酔ひの浮かれ気分だつたものだが。

（一九七七年）

観世音寺馬頭観音像

観世音寺は博多から十余キロ南の都府楼跡の近くにあつて、太宰府天満宮への通路にも当つてゐたから、博多生れの私は、小中学生の頃から遠足の折などよくここを訪れることがあつた。仄暗い本堂の埃くさい空気のなかに不空羂索観音、十一面観音、馬頭観音などの、高さ五メエトルもの巨大な像が天井を突かんばかりに聳え立つてゐて、わけても馬頭観音の四面八臂の怪異な姿は、尊いといふより何か無気味で怖しいものに感じられたのを、おぼろげながら憶えてゐる。

当時狭い講堂内陣に犇いてゐた巨像の群れは、昭和三十四年にあらたに建てられたコンクリイト造りの広広とした収蔵庫に移された。あれから四十数年後の今、あかるい照明のもとにみる馬頭観音は、少年時の暗がりの中で感じさせられた無気味なまでの神秘性はなくしたものの、八方にひろげられた手の見事な空間構成と、その上体の量感は、いつそう確かな力を帯びて迫つてくるやうだ。

丈六の巨きさ、しかも四面八臂といふのは、我国の馬頭観音像でも他に例がないらしい。普通は二臂か六臂、或は八臂でも三面である。馬頭観音はもと明王に類して忿怒相とされるが、観世音寺のそれには露（あら）はな激しさはなく、四面すべて怒りとも悲しみとも苦しみともつかぬ、抑制された表情を湛へてゐる。とはいへ、半ば開かれた口には歯牙を見せ、眉根は皺寄せ、額には第三の眼が穿たれ、頭髪は火焔のやうに逆立ち、そして四面各〻の天冠台上に坐像化仏、さらに正面の頂きには馬頭を冠して、この頭部はいかにも充実した重量感にみちてゐる。これに比べると下半身は裳の褶文（しふもん）の彫りも浅く、おだやか過ぎる位に淡泊である。かりにこの円柱状の胴体を蠟燭に喩へれば、頭部はその火焔の形状を象（かた）どると言つてよい。

とすれば左右に開く八臂は、光輪のさまにも擬（なぞら）へられようか。腕の一つ一つは大味な棒状でこまやかな描写性があるわけではないが、中央で合掌する両手のほか、幅広い肩の天衣から上段・中段・下段に分けて差し出された手は、それぞれ鉞斧（あつふ）、宝輪、宝剣、金剛棒、数珠を持つて、あとの一つの施無畏（せむゐ）の手とももども、その持物と指の微妙な変化に造型的工夫を示し、すぐれた馬頭観音像を成就させてゐると、信仰心なしにこれを見る者にも思はせずに措かない。そしてふと、少年時の闇が甦つてくるやうである。

（一九七九年）

帰郷の記

四月に入つて数日、博多に帰つた。東京に住みついて三十五年、子供の頃博多ですごした家などとうに跡形もないのだけれど、つい今でも「帰る」といふ言葉が自然に口を衝いて出る。たしかに故郷への旅は、単に東京から博多へといふ空間上の旅といふよりは、むしろそれ以上に時間的な溯行だと感じられるのであつて、近年いよいよその感が深い。

三十代から四十代にかけての十数年間はあへて帰郷することもなく過したが、八年ばかり前に一度用事で出掛けてからといふもの、何かにつけて一、二年おきに帰郷するやうになつた。そのたびに恒例のやうに、麴屋町寿通りのあたりを飽きもせず歩き回るのが自分ながらをかしい。八歳の頃まで住んでゐたこのあたりは、戦前の博多の最も繁華な一劃で、売出しのときなど狭い道幅に身動きもできないくらゐに人が溢れてゐたものだが、戦災で焼亡したあとに再建された通りは、昔と比べはるかに道幅も広く家並もきれいに整へられたのに、かへつて人の往き来もまばらに、閑散とした町のたたずまひとなつてしまつた。戦後のこの町並を何遍となく通つた筈なのに、脳裡には今もなほ子供の頃の町のさまが鮮明に生きてゐて、それが二重写しに眼前の景とかさなり、妙に胸のあたりに甘ずつぱいものを走らせるのである。

変つてしまつたものへの感慨ばかりではない、変つてしまつたものの中に、過去の現存がまざまざとよみとれるのがとりわけありがたい。これは現在の町しか知らない若い人たちには、まるで想像もつかぬ思ひ入れにちがひあるまいが、戦前の町を知る人であつても、この町に住みつきここで暮らしてゐる人は、かへつて、こんなことさらな感興はおぼえないのではないか。昔の町の記憶を脳裡に焼付けたまま、日頃は遠く離れた地で暮らしてゐる者だけが知る、一種格別の感興なのかもしれぬ。この、目に見えるものを通して見えないものを透視する、いはば風景の解読とでも呼ぶべき心のいとなみには、詩の言葉の重層的な意味を解読するのにもほとんど等しい興趣がある。

八年前に書いた拙詩「はかた」にその名をしるした奈良屋小学校には、三年生のときまで通(かよ)つたが、じつは転校したあと一度も訪れたことがなかつた。このあたり一帯も空襲のさいに総なめに焼き尽され、道路や家並など昔の記憶とつながるものはほとんど残されてゐない。日本中のどこの都市にでもありさうな昭和通りといふ名の、殺風景な広い道路に面した正門は閉つてゐて、横手の方へ廻ると、昔校門の隣にあつた豊太閤をまつる豊国神社が、ガレエジの二階に鉄のてすりの階段をつけて、まるでアパアトに間借りしたやうな恰好で造られてゐた。

さういへば綱場町にあつた綱敷天満宮や、川端から寿通りに入る角にあつた鏡天満宮も、戦後再建されたものはどれも狭い場所にアパアト暮しのやうなかたちになつてしまつた。どんなに小さくても、むしろ在るといふだけで私などにはたいへん感動的なのだが、今は福岡市内に住んでゐながら、県庁前の水鏡天満宮は知つてゐても、綱敷天神や鏡天満宮はその所在すら知らないといふ人が少くないやうだ。

中洲の裏手の入り組んだ迷路のやうな飲屋街を抜け、那珂川沿ひの道から住吉神社に出、さらに小学生時代の後半をすごした住吉小学校から、通学路だつた蓑島（万葉ゆかりのこの文字は、今は不当に廃され「美野島」と表記されることになつた）の本通りを通つて、かつて住んでゐた家の跡まで歩いて行つた。このあたりの様子も新設された道路や橋などで一変したが、角のたばこ屋や歯科医院などは昔のままの姿を保つてゐる。変化のはげしさに驚くよりはここでもやはり、変化したものの中に随所に往時を偲ばせるもののあることの方に、いつそうつよい感銘をおぼえるのだ。

夜は学校友だち三人と落ちあひ、春吉の白魚料理の店に行つた。一人はこの三月に県の歴史資料館を定年退職したばかり、一人は去年新聞社をやはり定年退職し、のこる一人は大学で哲学を教へてゐる。しかしたまに会へば、たちまち互に学生気分が甦る。酒を酌み交しながら、五センチほどの白魚が青磁の大鉢に群れて泳ぐのを、小さな網杓子で掬ひ、二杯酢につけてすすり込む。ぴちぴちと動く透明な魚を生きながら呑み込むと、まるで自分が大きな魚にでもなつたやうな気分である。いや、人間もまた一種の動物であることを、否応なく納得させられると言つてもいい。自分の命を保つために、生魚たると否とを問はず、これまでに何千何万の魚を呑み込んできたことか。どうやらこれは少年の頃感じたことのおさらひのやうだぞ、と考へてると、さあこれから学生時代に読んだ本を一つづつゆつくり読み返すんだ、と定年退職者が言ひ、読み返すに価する古典をたつぷり持つてることこそ老年のしあはせ、と哲学の先生が応へる。さういふ古典もまた、まさしく一種の故郷（ふるさと）にちがひあるまい、ただし、こちらからすすんで見つけ出さうとしないかぎり、存在しないも同然の、と酔ひの廻つた睡気のなかでうつらうつら考へてゐた。

（一九八〇年）

わがふるさと

数年前に『はかた』と題する詩集を出してからはそんなでもなくなつたが、それでも偶に、出身は茨城ですかとか、水戸ですかなど訊かれることがある。そこにも那珂川といふ川があり、こちらの方がひろく知られてゐるためらしいが、そんなときには博多の中心部にも同じ名の川が流れてゐて、それがいかに情感ふかい川であるかを、一くさり説明することになる。そのとき私の内部に鮮やかな姿をとつて浮んでくるのは、中洲の橋の東側のたもとの、上手にはブラジレイロの白い建物があり、下手に福助足袋の電飾塔が聳え、そして西の対岸には水上公園の木の間がくれに音楽堂が望まれる、あの戦前の眺めであつて、むろん地下鉄工事中の現在の風景ではない。

その頃の那珂川の流れは水底の砂まで透けて、鮎や鮠やぼらなどのすばやく泳ぐ影が、橋の上からもはつきり見えるほど澄んでゐた。日の光が水面いつぱいにレエス模様をつくつて揺れるのを見入つてゐると、いつか自分も体ごと透きとほつてそこに吸ひ込まれてゆくやうな、妙なあやふい感じに襲はれたのを思ひ出す。橋も鉄筋コンクリイト造りになる前のことで、華奢な意匠の細身の鉄のてすりだつたが、それに顔をくつつけて流れを覗くときの、つめたい錆のにほひまで甦つてくるやうだ。

三十五年前の太平洋戦争末期のB29の空襲で焼野原となつたあとの瓦礫の町も、戦後復興して人口百万を超える政令指定都市となつた今日の福岡市も、何遍となく訪れて熟知してゐるにもかかはらず、弱年期から博多を遠く離れて暮すやうになつた私のやうな者にとつて、今もなほ「ふるさと」のイメェジとして心の暗箱に蔵はれ、いきいきとそこで息づいてゐるのは、昭和初期の自分が子供だつた頃の町のたたずまひである。

あの時分の博多には、いろんな年中行事が次から次と切れ目なくあつたやうな気がする。正月二日の初売りに始まり、東公園の恵比寿神社の十日戎(えびす)、そして春のどんたく、初夏の祇園山笠の二大行事は言ふまでもないが、綱敷天神の夏祭には店ごとに趣向を凝らした見立て細工が飾られ、月おくれの七夕から那珂川の川開きの花火大会、お盆の精霊流し、川端の飢人地蔵尊の大施餓鬼、大浜の流れ灌頂と間を置かず重なり、秋に入ると九月筥崎宮の放生会、十月には櫛田神社のおくんち、そして十一月の誓文払（博多言葉では「誓文ばれ」と言つた）、師走の歳末大売出しとつづく。

——いや、あの頃歳末大売出しがあつたかどうか、「誓文ばれ」との記憶の混同かもしれないけれど、ともあれそんな折折には近郷近在からあつまる買物客も多く、狭い通りは身動きできないほどの人の波で、脂粉の香を漂はす水茶屋相生町あたりの検番の芸者姿もまじへ、賑やかな客足は十一時過ぎまで絶えなかつた。当時の博多でも最も繁華な一劃だつた新道に生れ育つた私は、いまも目をつむると、あの雑沓する人のざわめきや木煉瓦に交錯する履物の音が潮騒のやうに寄せてくる思ひで、ふしぎな郷愁にとらへられるのだ。

あれらの年中行事は、近頃はどうなつてるのだらうか。

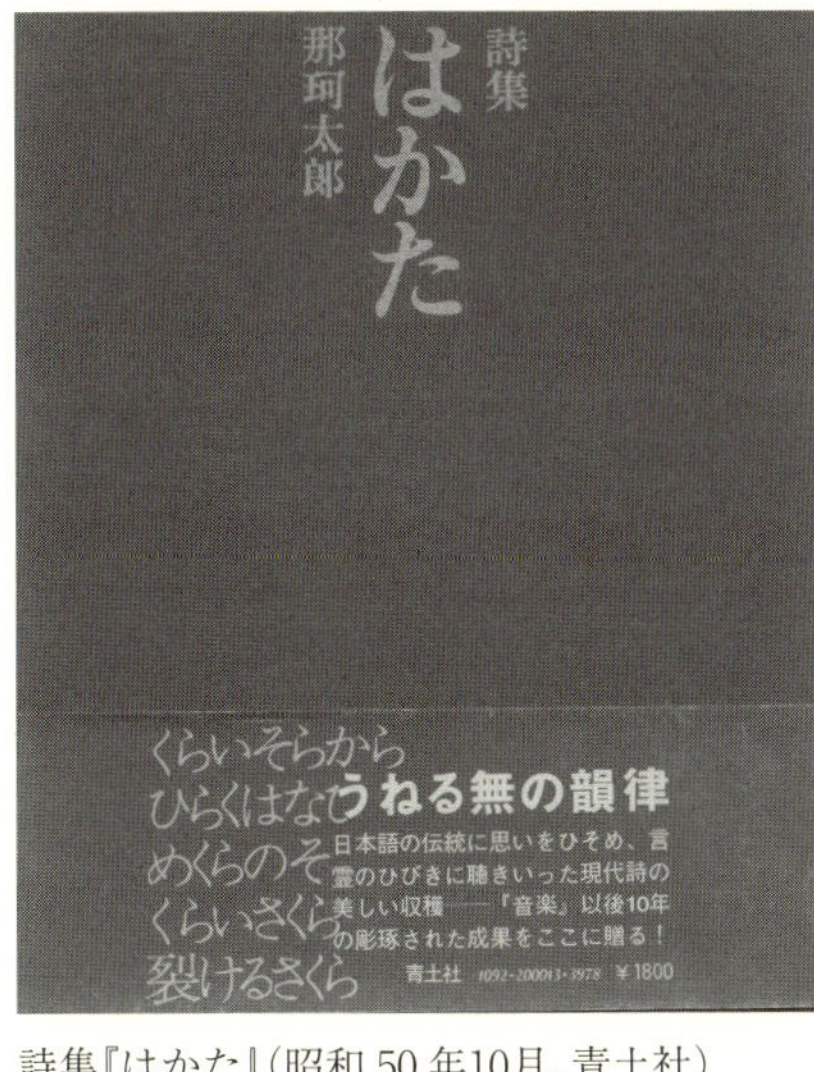

詩集『はかた』（昭和 50 年10月、青土社）

尤も、私は自分の個人的経験だけに執して、「ふるさと」意識を限られた時空に固定させてゐるわけでは必ずしもない。ここ数年帰郷の度毎に学校時代の親しい友数人と連れだつて、小さな遠足めいたことをするのが慣はしとなつた。先年は唐津に行き鏡山にのぼり、ある年は柳河の川くだり、また別の年は志賀島をめぐり、そして去年は秋月城址から附近の寺寺をたづねた。子供の頃行つたことのある土地ばかりでなく、初めて訪れる所もある。とりわけ筑前国分寺から都府楼跡、観世音寺戒壇院のあたり、太宰府天満宮や二日市のさきの武蔵寺周辺は、毎度のやうに歩く。武蔵寺は由緒ぶかい割にはさりげなく小さな寺で、藤の花の季節には人出も多いけれど、普段は忘れられたやうに静かな場所だ。心の中の新道の人ごみの幻もかぎりなく懐しいが、人気(ひとけ)のないこの辺り一帯も、私のひそかに愛着をおぼえる、現存する「ふるさと」なのである。

（一九八〇年）

筑紫野・福岡の万葉

誰もがさうかもしれないが、私も十代から二十代にかけては抽象的観念的なものへの傾斜がつよく、目の前のこと身近なものへ心を向けることは疎かで、自分の生れ育つた土地に愛着を持つことも、なかば無意識に拒んでゐたやうに思ふ。文学についても西欧のものに惹かれがちで、日本の古典はあまりに日常卑近なものに思へて重んじることをしなかつた。

しかし不惑の齢を過ぎ知命の齢を過ぎ、身近な者の死に遭ふことなども度重なるにつれて、自分がこの世に在るのはかりそめのこと、局限された場所での局限された時のまのことだといふ思ひがいよいよ切実感をまして来、それとともに、自分が生れ且つ幼少時を過した博多の町に、かへつてふしぎな郷愁をおぼえるやうになつた。

町ばかりではない、子供の頃から遠足などでしばしば歩いた筑紫野や太宰府周辺の風景なども、ふつと漂ふ花の匂ひか何かのやうに、こよなく懐しいものとして心をよぎるのである。尤も、見渡すかぎり一面の菜の花畑だつた往時のさまは、実際には今はもう見るすべもなく、戦後急増した人家や鋪装道路で筑紫野の眺めも一変してしまつた。それでも都府楼跡から観世音寺、戒壇院のあたりを歩くと、時の隔りがいつか意識の中で溶融して遠い日がそのまま甦つてくるかのやうである。

そして万葉集巻五、六を中心にした遠のみかどの諸諸の歌が、ここではあらがひ難く自然に心に沁み入つてくる。

丈夫と思へるわれや水茎の水城の上に涙のごはむ

といふ大伴旅人の歌も、かつては演技的に過ぎて面白いとも思はなかつたのに、今は遊女児島の送別の歌「凡ならばかもかも為むをかしこみと振りたき袖を忍びてあるかも」とともに、ほとんど手ばなしに情感深い歌として受け入れられる。「世の中は空しきものと知る時しいよよますます悲しかりけり」といふ芸もなく率直な詠歎もいい。

山上憶良の「日本挽歌」反歌のうち、

大野山霧立ちわたるわが歎く息嘯の風に霧立ちわたる

は、とりわけ「霧立ちわたる」の単純な反復が美しい。近年は山の中腹まで宅地造成がすすめられてきたにも拘らず、みどりの山なみは今なほさながら万葉の風土だと感じさせずに措かない。

旅人・憶良のほかにも、有名な旅人邸の宴席での「梅花の歌三十二首」をはじめ、観世音寺別当の沙彌満誓や、小野老、大伴坂上郎女の作など、この一帯で詠まれた万葉歌は数多いが、懐郷の思ひをもちながら万葉集を読むと、太宰府周辺のみならず、福岡市内の地名を詠みこんだものもまた少からず目にとまるのである。

高校時代よく訪れた荒津山西公園の裏手の海岸は、戦後埋立てられて今は石油タンクが林立してゐるが、万葉の昔はここは舟出の港、別離の場所だつたのだらう。

白たへの袖の別れを難みして荒津の浜にやどりするかも

草枕旅行く君を荒津まで送りぞ来つる飽き足らねこそ

といふ別離贈答の歌、あるいは、

神さぶる荒津の崎に寄する波間なくや妹に恋ひわたりなむ

上三句は序詞風だが、荒津の波を眼前にして詠んだにちがひない歌である。また帰京した旅人が沙彌満誓からの贈歌に応えた一首、

草香江の入江にあさる葦鶴(たづ)のあなたづたづし友無しにして

この「草香江」は大阪の日下とする説が一般的なやうだが、これはやはり今も同じ地名をとどめる福岡市内のそれを念頭に置いての作だと解したい。

（一九八一年）

祇園山笠

七月一日から十五日まで行はれる祇園山笠は、博多総鎮守の櫛田神社の大祭だが、春のどんたくと並んでこの街の二大年中行事として知られる。

夏が近づくにつれ、町町にははやくも山笠気分が漂ひはじめ、七月に入ると「流れ」（町内ブロック）ごとに高さ十数メエトルもの絢爛たる飾り山笠が立ち、商店街は近在から集まる見物客で賑ふ。

十日から舁き山笠が動きはじめるが、九歳まで町なかの新道で育つた私は、舁き山が始まる前夕のお汐井取りには、近所の子供たちと一緒にはつぴ締め込み姿で、箱崎浜までついて行つたのを憶えてゐる。流れ舁きでは後の方について廻つて、勢ひ水を頭から浴びせられるのをよろこんだものだ。

しかし、十五日早暁の、各流れの速さを競ひ合ふ「追山」には、とても子供などが介在する余地はない。櫛田神社境内での大太鼓のとどろきを合図に、怒濤のやうに疾駆する追山笠は、若者と壮年者によるまことに男まつりの名に恥ぢぬ、荒荒しく勇壮な行事である。（一九八一年）

仙厓寸見

博多言葉に「ひようげる」といふのがある。尤もこれは「剽軽（へうげ）」の文字を当てて、限られた一地域の方言といふより古語といふべきだらうが、おどける、ふざけるの意味で、博多では日常語として使はれる。

仙厓さんは、謂はばその「剽軽（へうげ）」た画を描く坊さんとして、博多生れの私は子供の頃からその名を聞き知つてはゐたものの、正確なところは何ほども知つてゐたわけではない。裏庭の筍を盗む者に、股の間から手をのばした猿の画を示して、「またから（今度から、の意の博多言葉）とるな」と警めたとか、夜遊びのため寺を抜け出す弟子が、塀の下で座禅を組む仙厓を踏台にしたことにあとで気づいて、以後ぷつりと夜遊びをやめたとかいふ逸話は、よく知られてゐたが。

昭和十四年の高校二年の夏、私は市内の聖福寺に十日ばかり参禅したことがあつたけれども、仙厓がこの寺の百二十三世、百二十五世住職だつたことなど念頭に置くこともなく、その墓所や隠居所の幻住庵虚白院をたづねることもしなかつた。仙厓の書画に関心をもつやうになつたのはずつと後（のち）のことである。

彼には、書き残した夥しい書画のほか『捨小舟』といふ一冊の家集があるといふが、通読したことはない。しかし散見するのを読み得たかぎり、仙厓の歌は凡そ美とか風雅とかをもとめるといつた趣のものではなく、さばさばとした軽口ざれ歌のたぐひで、たとへば「揮毫せめにあひて」と題して、

うらめしやわが隠れ家は雪隠（せっちん）か
　来る人ごとに紙おいてゆく

とか、あるいは、

仙厓は物書き役でなけれども
　人が頼めばしよう（ママ）こともなし

などの作があり、八十三歳の秋にはいよいよ揮毫ぜめに困りはて、「絶筆」と題して庵側の石に刻んだといふ次の作がある。

墨染の袖の湊に筆捨てて
書にし愧をさらすなみ風

「袖の湊」は博多の古称、ここでは「墨染の袖」とかさね、言ふまでもなく「墨」「筆」「書にし」は縁語だが、「書にし」はまた「愧をかく」とも掛けられてゐる。この掛詞は和歌美学にもとづく複合的情緒や意味空間を生み出すものといふより、軽く口を衝いて出た駄洒落といつたものでしかない。

かういふ機智と諧謔は、いかにも博多人に特有の気質を感じさせるが、じつは彼の生地はこの地ではなく美濃である。仙厓さんは博多の人、と子供時分から思ひ込んでゐた私など、彼が美濃の生れだと知つて意外の感をおぼえざるをえなかつたが、四十歳で聖福寺住職となり、以後八十八歳で遷化するまでこの地に棲みついた彼は、気質的にも博多人になり切つてゐたのだらう。

機智と諧謔の即興性は、詠歌ばかりでなくその書画にも一貫してゐる。彼の「鶴亀の図」（聖福寺蔵、未見）の賛に、「世人の書画は美人の如し、人の咲ふをにくむ、厓の画は戯者の如し、人の咲ふを愛す、老子曰く不肖の者これを見て大いに咲ふ」とあるといふが、歌を詠むにも書画を作すにも、仙厓は完璧性を目ざす所謂「芸術」意識などは全く持たなかつたにちがひない。彼の筆になる書画は何千点にのぼるか分らないが、それらはまことに多種多様、即興の赴くままに奔放自在で屈託するところがない。白隠に比べ仙厓の書画は重厚さを欠くと評する向きもあるらしいけれど、軽みこそ仙厓の身上であつて、濃淡緩急のリズムにのる筆勢は、軽やかで且つ勁(つよ)い。

先年福岡で見る機会を得た「ゆばり合戦」（三宅安太郎氏蔵）なども、おもしろい画だつた。左手には勢よく天へ向け抛物線状に尿(ゆばり)をとばすはだかの子供が描かれ、「竜門の滝見ろ〳〵」とあり、右手には僧衣姿の仙厓自身が俯(うつむ)き加減に用を足してゐて「厓まけた〳〵」とある。発想軽快にして自由、筆にはまるで子供がとばす尿のやうな勢がある。

出光美術館蔵の「烏鷺争局」も好ましい画だ。大黒頭巾をかぶり目をかつと見開いた御隠居さんが、膝の上に左手を支へ、もう一方の指先に碁石をはさんで盤上をにらんでゐる。相手の人物もやはり盤上に気をとられながら、無意識に碁笥に右手を突込まうとしてゐる。双方の手つきが躍如として何ともをかしい。

「雖智者而不能、雖愚者而有妙、驀然死中得活、不覚呵々大笑」とある賛の文字も、巧まずして嫌味も臭味もなく、かつて「学者の学者くさきは猶可忍、仏の仏くさきは不可忍」と彼自ら戒めた通りの感を与へる。

出光佐三氏が十八、九の歳で骨董屋でせり落したといふ「を月様幾つ、十三七つ」の指月布袋の図も、生生と無邪気で愉しく、こんな画が描けるといふのは単なる技巧ではない、と思はせる。

とりわけ私に好ましく思はれるのは、「○△□扶桑最初禅窟」とだけ記した作である。この○△□についてはそれぞれさまざまな解釈がなされてゐるやうだが、ただ無心に眺めてゐるだけで、何とも不思議な奥行が感じられるから妙だ。つい先だつて、鈴木清順監督の映画「陽炎座」を見たとき、同じこの○△□が突然現れたのには意表を衝かれ、あつと驚いた。

（一九八一年）

風景の記憶

咲山恭三氏の『博多中洲ものがたり』前・後二篇は、一都市の一小地域についての史実の研究・記録としては、おそらくこれまでに他に例がないかと思はれるほど精細な、しかも単に限られた一小地域といふにとどまらず、その背景としての時代社会までを浮彫りした、珍重すべき本である。博多中洲に関する中・近世期の古絵地図や、明治以降戦前までのめづらしい写真などもふんだんに入つてゐて、それを眺めるだけでも愉しく、私など興味津津たる思ひで読ませてもらつた。

ところでこの本の後篇が刊行されたのは昭和五十五年十一月二十一日であるが、その一週間ばかり前、十一月十三日付の西日本新聞三万五千号記念特集に、私は「わがふるさと」と題する小文を書き、その中で那珂川に関して次のやうに記した。

……そのとき私の内部に鮮やかな姿をとつて浮んでくるのは、中洲の橋の東側のたもとの、上手にはブラジレイロの白い建物があり、下手に福助足袋の電飾塔が聳え、そして西の対岸には水上公園の木の間がくれに音楽堂が望まれる、あの戦前の眺めであつて、云々。

これは紛れもなく私の内部に今も息づいてゐる風景のイメェジであり、数年前に発表した詩篇「はかた」のⅢにも、

中洲の橋のたもとにたたずみ目をつむると　おい伊達得夫よ
あのブラジレイロの玲瓏たるまぼろしが浮んでくるぢやないか
ほら　ぎんのさざなみに魚の刃が閃き草仮名をかいて鷗がかすめる
…………
水上公園の小暗いしげみにしろい噴水が
ひたすら空へむけてむなしくほとばしるのをながめてゐた……

……………

……目をあけると　ブラジレイロの白堊はあとかたもなく
福助足袋の広告塔も　乙(おと)ちゃんうどんの大提燈もない
おれたちにはまるでよそよそしいここは異土だ……

と唱つてゐる。つまり戦後失はれた（といふか戦争中の空襲で焼亡した）自分の少年期の、戦前の風景の記憶として、ブラジレイロ、福助足袋の広告塔、あるいは水上公園の噴水は、一つのまとまつた構図をなして脳裡に焼きつけられてゐたわけだ。ところが驚いたことに、このやうな風景は現実には存在しなかつた、ほとんど存在し得なかつただらう、と右の咲山氏の『博多中洲ものがたり』によつて確められたのである。これは単なる驚きといふ以上に、私には衝撃的なことであつた。

右の本の事実調査にもとづけば、那珂川に架せられたこの中洲の橋（「西大橋」と呼ばれる）は、昭和八年、在来の石橋から鉄筋コンクリイト造りに架け替へることが決まり、同年十一月二十二日に起工式が行はれ、昭和九年から着工、工事が完成したのが昭和十一年三月だといふ。ところで橋の東側上手の白堊の珈琲店ブラジレイロは、橋の架け替え着工後の昭和九年四月に新設開店、一方東側下手の福助足袋の広告塔は、正確な月日は不明だが昭和九年なかばに取壊されて姿を消してゐる。だからブラジレイロと福助足袋の広告塔とが併存してゐた期間は果してあつたかどうかも分らず、もしあつたとしてもせいぜい数箇月間のことであり、しかもそれは架け替へ工事中のこととて通行も臨時に設けられた仮橋（かりはし）しか使へない状態の時で、通常なかたちでこの二つを一望のもとに眺めることは不可能だつた筈である。また水上公園内の噴水も、新橋完成後は（おそらく工事最中に）埋立てられて芝生地になつた。

右の本に載せられてゐる何枚もの写真を見ても、昭和八年末西大橋改築起工式直後と推定される一枚には、水上公園の噴水の横にテントが張られてをり、広告塔は元のままだがブラジレイロはまだ無い。昭和九年工事中の一枚では、ブラジレイロの建物はほぼ完成してゐるが広告塔はもう消えてゐる。さらに、西大橋竣工後の昭和十一、二年頃と推定される一枚では、ブラジレイロは外装も整ひ、新しい橋に電車や自動車が走つてゐて、すでに水上公園の噴水は無くなり芝生と化した（音楽堂は元のまま残されてゐる）ことが証明される。

以上の如くであつてみれば、私は「はかた」Ⅲにおいて、当時福助足袋の広告塔も水上公園の噴水も存在してゐたものと決めて、昭和十三年以降の高校時代の友、今は亡き伊達得夫に呼びかけるかたちの作をなしたのだつたが、高校入学によつてはじめて博多に来た伊達得夫は、ブラジレイロは無論熟知してゐるにしても、広告塔と噴水とは実際には見たことがなかつた、といふことになる。

些事をくだくだしく煩はしい、とよそ人には感じられるかもしれないが、私にとつての疑ひやうもない記憶、まざまざと心裡に現前する風景のイメェジが、じつは現実には存在しなかつた虚像、絵空事でしかなかつたといふのは、いまなほ信じ難く、狐につままれたやうな感をおぼえさせられることである。

しかしひるがへつて考へるのに、人が或る風景なり事柄なりを記憶として自分の内部に保存するに際しては、事実に対してつねになんらかの選択と編集をほどこすのではあるまいか。しかもそれがけつして意図的になされるわけではなく、無意識の裡におのづからさうなされてしまふのであるゆゑに、自分の内部に蔵されたかたちの記憶があくまで真実のものだと信じられ、外的事実の方がむしろいかがはしいものに感じられる、といふことになる。

右の場面のやうな、時間的誤差の大きいものの合成による風景の記憶は極端だとしても、これと似たやうなことは少からずあるやうな気がする。そして右の例では、偶〻事実記録や写真によつて、私自身の記憶の風景が客観的にはあり得なかつたと証明されたわけだが、多くの場合、そのやうにはつきりと事の真偽が明されないまま、それは人の内部に生きつづけるのにちがひない。

さてここで急に思ひついたことであるが、萩原朔太郎の詩集『氷島』の中の「乃木坂倶楽部」において、作者は「去年アパートの五階に住み」と唱つたが、事実としての乃木坂倶楽部は二階建であつた。また「帰郷」の傍題に作者は「昭和四年の冬、妻と離別し二児を抱へて故郷に帰る」と記すが、事実としての二児を伴つての帰郷は七月下旬のことであつた。これまで私は作品におけるこれらの記述を、前者についてでは詩的誇張、後者については作者の心の荒廃感、寂寥感をいつそう切実にうつし出すための詩的フィクション、と簡単に割り切つて考へてゐた。しかし実は萩原朔太郎は意図的にフィクションとして右のやうに設定したのではなく、作者の内部にあつてはまさしくこの通りに記憶され、これを事実と思ひ込んでゐたのではないか、少くともさうである余地がないわけはない、と今は考へ直さざるを得ないのである。実際の「帰郷」なり「乃木坂倶楽部」居住なりの時から、作品が書かれるまでの間は一年とは隔つてゐないけれども、さういふ記憶の錯誤はとりわけ朔太郎の場合、大いにあり得るとむしろ言はねばなるまい。

再び私のことに戻ると、自分の内部にはつきりと記憶されてゐる風景ないし場所で、それを実地に確認しようとしてもどうしても出来ない場合がある。たとへば、これは風景といふより、自宅からせいぜい半径一キロメエトル内外、方角も西と南との中間の範囲内にある筈の、一つの道筋なのだが……。

私が現在の久我山に居を定めたのは二十年前のことになるが、引越してきた当初しばらくは、附近の見知らぬ道をあちこちと歩き廻つたものだつた。やがて散歩する慣はしもいつか無くして時を過し、十数年を経て、ふと昔歩いた道を探すともなく歩いてゐるうち、一つだけどうしても見つけ出せない道があるのに気づいたのである。この十数年の間に、畑地や木立がつぶされ住宅地が急激に増え、旧来の風景が大きく変つてしまつたところが多いのは当然とはいへ、かつて歩いた道筋はおほよそ思ひ出せたし、確めることができた。ところが自分の内部に鮮やかにイメェジされるその一筋の道ばかりは、見出すことができない。さうなるといよいよ気になり、休日の折など散歩のたびに探し歩くのだが、不可解なことに当の道はどこにもないのだ。

それは広い通りからやや上り坂に入りこむ狭い道で、入り口近くにたしか子供の飛び出し注意の札が掛つてゐた。両側に常緑の生垣がつづき、時たまピアノの音などが聞えてくる静かな好もしい散歩道だつたのだが、一体どこへ消えうせたのか。先日もうろ憶えの道を三鷹台の方へ歩いて行き、思ひもかけぬところでM氏の家に出くはし、前に一度訪ねたことのある記憶の中のイメェジとあまりにかけ離れてゐるのに不思議の感をおぼえたし、坂道をのぼつたところにあつた筈の修道院が忽然として消え、その辺りと覚しきところに豪奢なマンションが立つてゐるのに、これまた愕然とさせられたが、それは久しくおとづれることのなかつた空白期間の長さを思へば、それなりに諒解できなくはない。しかし両側に家並のつづいた一つの道筋が、丸ごと消えて無くなるとは、果してあり得べきことだらうか。

あり得べからざることだが、どうしやうもない。毎度毎度あちらこちらと探し歩くうち、今ではもう、永遠にあの道には二度と出逢へないだらう、といふ絶望的な気分にとらへられてきてゐる。

（一九八二年）

まぼろしの町へ

あなたに何と呼びかければいいのだらう。あなたはもはや亡い。この地上のどこにも存在しないのだ。

いや、場所だけなら無いわけではない。たづねて行けば確かにその場所に立つこともできよう。しかしそれは、私の内部に今も生生と息づいてゐるあなたとは違ふまるで別のものでしかない。

ほんたうのあなたは、あの四十年前のいくさのさなか、昭和二十年六月十九日の夜、米軍B29の油脂焼夷弾攻撃のため一夜のうちに焼亡してしまつたのだ。そのとき私はそこに居なかつた。遠く離れた長崎県針尾の海軍兵学校に、予備学生出の海軍中尉として服務してゐた。あの晩、私は平常通り十時には床についたのだつたと思ふ。その日の日誌によれば、午前二時ごろ空襲警報が発令され、分隊の生徒たちを連れて裏山に退避し、三時半に警報解除で宿舎に戻つた、と確められる。あとで聞けばその夜二百二十余機のB29が福岡上空を襲つたのは、午後十一時頃から午前一時頃までの二時間、そして午前一時五十分には警報が解除されたといふから、針尾での警報は、あるいは福岡空襲の帰路のＢ29に対するものだつたのかもしれない。

　ともあれ、私の全く目に触れないところで、あなたは無惨にも焼き尽されたのだ。同じ福岡市内でも被害の及ばない地域もあつたやうだが、旧い博多の最も繁華な中心街だつた新道、麴屋番、掛、綱場一帯はすべて灰燼に帰してしまつた。その地こそ、九歳まで過した私のふるさと、そして私にとつて、凡そ町といふものの永遠の原型に他ならなかつたのだが。

　敗戦後復員してはじめて焼野原となつたあなたを見たとき、子供の頃の私にとつてそのまま全世界だつたその場所が、信じられないばかりの狭さの、猫の額ほどの空間でしかなく、遥か彼方の異域とも思はれた洲崎の海岸までが、すぐ目と鼻の先に見渡されるのに愕然としないわけにいかなかつた。そして私のふるさとが、まるで映画のセットででもあつたかのやうに、いとも簡単に取払はれて、無に帰してしまつてゐるのに、むしろあつけないまでの諦念を覚えたものだ。

　私にとつての永遠なもの、それはしかし即無常に他ならなかつたのだ。そのことをあなたはまのあたり教へてくれた。もともと私の知るあなたは、じつは私がそこに生

随筆集『はかた幻像』
（昭和61年４月、小沢書店）

れ育つた大正末期から昭和初期にかけての、厳密に言へば昭和六年初めまでの、数年間のことでしかないのだ。そして麴屋番、掛、綱場は江戸時代からの博多の中心的町筋だつたとはいへ、新道と呼ばれる通りは、もと、下水溝だつた処で、そこに石蓋が敷きつめられて幅一間半ほどの道路になつたのは明治十三年のこと、さらに博多の中心繁華街となつたのは漸く大正期から昭和初期にかけてのことだといふ。私にとつて永遠なものと信じられたあなたそのものが、私が生れるせいぜい数十年前に形をとりはじめた仮初のものにすぎなかつたのだ。

あの、狭い通りに雑沓する人のざわめきと脂粉の匂ひ、木煉瓦に響く履物の軽やかな音、――そんなあなたの俤は今もまざまざと私の中に甦る。しかしあなたについて語り合へる人は、しだいに少くなつてゆく。少くとも東京住ひの私の身近には、だれも居なくなつてしまつた。そしてあなたを記憶する私（たち）がこの世から立去つてしまへば、あなたは完全に消滅してしまふのだらう。それが〈時〉といふものか、まぼろしのあなたよ。

（一九八五年）

時の庭

去年、自作詩集のなかでわが茅屋をかりそめに空我山房と称して以来、知人からの書信の宛名にも、空我山房主人と間間しるされてくるやうになつた。久我山の空我山房、とはあまりに芸もない語呂合せだが、もともとこれは地名の「久」の文字を「空」と置き換へて自ら戯れたのにすぎなかつた。

しかしこの久我山の地に住みついてやや久しく、すでに四半世紀を経たことになる。引越して来た当初は文字通り何もない空地だつた庭も、いまでは灌木と草叢の鬱然たる緑のさまとなつたが、私はひそかにこれを〈時〉の庭と呼んでゐる。四季折折の木や草や花花に、〈時〉の移ろひをまのあたりに見ることができる、といふばかりでなく、この限られた小さな空間の中に、私自身のこれまで過してきた半生の〈時〉が、可視的なものとして圧縮されてゐると感じられるからである。

といつて、自分の思ひ出と結びつくやうな木や草をことさら集め植ゑたといふわけではない。第一私が直接手をくだして植ゑたものは殆どなくて、家人がその折その折に小さな苗木を買ふか貰ふかして植ゑたか、あるいは種子がどこからか風で運ばれて自生するかしたものが、いつしか鬱蒼と生育したのである。休みの日など、草木に目を遊ばせながら無為の時をすごすことがあるが、めまぐるしく移りゆく外界の〈時〉に比べると、ここにはいかにもひつそりと、微風のそよぎのやうに〈時〉が流れるのが見えるやうで、それにつれ私の内部にひそむさまざまな記憶が、ふしぎに呼びさまされてくるのだ。

例年四月の末から五月の初めにかけて盛りとなる藤は、今年は十日余りも遅れて五月半ばが花ざかりだつた。それも今では花を落し尽して、蔓と葉を日毎に濃く茂らせてきた。この藤棚に紫の花房が一面に垂れてほの甘い匂ひを漂はせる頃には、否応なく私は半世紀昔の、故郷の福岡高等学校に入学した当時のことを思ひ出す。新入生の教室よこの中庭には、考古学資料の石棺が横たはり、その上の方に藤棚がひろがつてゐて、花の季節には蜜蜂が群れをなして羽音を立て、そよとの風にも花房はほとほとと落ちつづけた。同級生だつた今は亡き書肆ユリイカの伊達得夫などは、わざと石棺の中に仰向きに寝そべつて、間断なく落ちてくる紫の花片を浴びるのを面白がつたものだが、そんな光景が、当時の理由もしらぬ哀感とともにまざまざと甦つてくる。

それればかりか、入学間もない頃習つた「唐詩選」の、劉廷芝「代悲白頭翁」の「洛陽城東桃李ノ花。飛来リ飛去ツテ誰ガ家ニカ落ツ。……今年花落チテ顔色改マリ。明年花開イテ復タ誰カ在ラン。」などの文句もきれぎれに頭に浮んでくるのだ。詩行は「年年歳歳花相似タリ。歳歳年年人同ジカラズ。」とつづくが、この「人不同」の思ひは近年いよいよ切実感をまして胸にこたへることが多い。対句法で「花相以」といふものの、じつは花もまた年毎に相似るとは限らず、その変移は人の世、人の命のさまに劣らないのである。ここ二十年余り、藤と前後して枝いつぱいに薄紫の花を咲かせてきたライラックも、去年から急に枯死状態になつて、細い分枝にわづかに葉をみせるばかりとなつた。

藤棚の下のテラスの縁(へり)には著莪(しやが)がするどい剣状の葉を林立させ、藤の花が散り尽した頃から地上に白い花を代る代る見せるが、じつはこれが私自身が植ゑたただ一つのものである。当時勤めてゐた定時制高校の遠足で、生徒と弘法山だかに登つたとき、路傍の一株を根ごと持ち帰つたのだが、それが今では藤棚の下ばかりでなく、庭のあちこちにちらばつて群生してゐる。この植物の根づよい生命力に驚かされるが、それは、私の二十代終りから知命の齢に達するまでの二十数年間つづけた定時制教師生活を思ひ出させずにおかない。日頃は夜の教室でしか対することのない生徒たちと、年に一度昼の野山を歩くと、教室では黙つてる生徒が意外によく喋つたりして、なかなか愉しいものだつたが、五十歳近くなつた当時の生徒が、今でも偶(たま)に訪ねてくることがある。

それよりさき、敗戦直後の五年間、私は女学校から新制女子高校、さらに男女共学の高校へと、めまぐるしく学制の変る時期を昼間部の高校に勤めたが、その校門を入つた正面に、みごとな金木犀の大樹があつた。わが庭の奥にある金木犀は、それとは比べられないほど小さいけれど、晩秋には香り高い無数の黄金の花をつけて、戦後間もないあの頃の、物質的には窮乏しながら精神的には充実してゐた日日を、おのづと回想させるのだ。

その金木犀の横には、小さな自然石の真あたらしい墓がある。これはつい先だつてまでわが家に同宿してゐた老犬を葬つたもので、墓前に供へられてゐるのは、彼が元気だつた頃追つかけて遊んだ白いボオルである。彼のことは詩集の中では本来の名を少し変へてチャアリイ・チャップと呼んだが、去る早春の未明にしづかに息を引きとつた。享年十九。そのあと幾日も

幾日も、〈時〉の庭をぼんやり眺めながら、

春うらら　いのちあるものみなかなし
春真昼　まぼろしの犬かける見ゆ

などと口ずさむことがあつたが、三箇月経つた今もなほ、彼が、草叢のかげからひよつこり姿を現しさうな気がしてならない。

（一九八六年）

博多
――「ふるさと」への想ひ、「ふるさと」への注文を需められて

ふるさと、と言はれてすぐ脳裡に浮ぶのは、自分の幼少期を過した昭和初期の博多の、麴屋番新道一帯の町のすがたである。これはあの太平洋戦争末期昭和二十年六月十九日の米軍空襲によつて灰燼に帰し、今は跡形もないのだが、私の子供だつた頃は、このあたり一帯が博多の町の中心で、いちばん賑やかな繁華街だつた。誓文晴（せいもんばれ）の期間など、ごつた返す人ごみの中をくぐり抜けて鬼ごつこをしたものだ。

私がここに住んでゐたのは、昭和六年二月の小学校三年生の終りちかくまでで、奈良屋小学校に通学してゐた。通学路にはまだ鍛冶屋などがあつて、ふいごで真赤に火がおこされるのを眺めてあきなかつた。小学校の同級生には、今は博多人形師として著名な西頭哲三郎氏がゐた。私はその後住吉小学校に転校したため、西頭君が人形作家として大成したことを知らなかつたが、十年ほど前、初めてこのことを聞いて驚いた。それを教へてくれたのはやはり同級生の真玉精剛君といふ建築家だつた。

私は一九七三年発表の四部構成の長詩「はかた」第二章で、幼年期の町のイメェジを唱つたことがある。当時の町の名を羅列し、また通りに並ぶ店店を記憶するままに詩句につらねたが、それらの店店はみな空襲で焼亡してしまつた。戦後焼跡にあたらしい商店街が再建され、数年間は戦前の繁華さをしのばせる賑ひを見せたこともあつたが、しだいに中心は新興の新天町商店街の方に移り、こちらはさびれる一方で店を閉めるところも多くなり、いまは昔日の面影はない。前記の真玉君に町再興のためのよい案はないかと訊かれ、舗道を木煉瓦にしたら、と提案したことがあつたが、費用が大へんらしく、実現には至らないまま一昨年彼は他界した。

人も土地も、時の流れとともに流転してやまない。昨日の繁華街が必ずしも今日さうとは限らないのは世の常である。しかし戦争―空襲といふ外的災害によつて有無を言はさず大変化を強ひられたのは、特別の場合といふほかあるまい。むろん、一方には時代的必然といふ側面がないわけではない。たとへば拙詩「はかた」に店の名を羅列したものの中でも、袋物店、はきもの屋、襟屋、かもじ屋などは、今日どこでもすでに一般性を失ひ、特殊な専門店として残されてゐるばかりだらう。

さすがに今では私も、私的懐古によつてばかりふるさとの町のイメェジを固定させることはできなくなつた。戦後半世紀の変化を受容しないわけにはいかない。しかし、昭和十年代私どもの学生時代によく集つた、一種の精神的拠点といつてもいいサロン風の場所、音楽喫茶「リズム」とか、珈琲店「門」「ブラジレイロ」などに当る所は、今の博多の町のどこにあるのだらうか。高校生の頃参加した同人雑誌「こをろ」の先輩矢山哲治、眞鍋呉夫、星加輝光、島尾敏雄（まれに阿川弘之も）などのほか、同級生だつた小島直記、千々和久彌、湯川達典、猪城博之、伊達得夫などと、そんな店に集つては、一杯のコオヒイで何時間も文学論議を戦はせたものだつたが。

自分の幼少期への固執をはなれ、少し視野をひろげて「ふるさと」を考へれば、福岡南郊の、古代史のみならず万葉集でも知られる大宰府、さらに観世音寺、戒壇院、武蔵寺、あるいは菅原道真ゆかりの榎社など、筑紫野一帯の歴史的由緒ふかい風景が浮んでくる。大宰府政庁跡などは、私どもの学生当時は草茫茫の中に礎石がころがつてるだけだつたが、戦後長期間に亘つて発掘整備され、今ではみごとに往時の政庁の布置が復元されてゐる。

一九八七年から八八年にかけ、福岡市内の鴻臚館跡が発掘調査され、いつそうこの地が古代から国際的要衝の場所だつたことが物的にも照明されてきた。やがてこの一帯が十分発掘されたあかつきには、史跡公園あるいは博物館のやうなものが造られるにちがひない。

これまでにも大宰府の近くには九州歴史資料館が造られ、福岡市内にも明治時代の日本生命の建造物を利用して市立歴史資料館が設けられてゐる。しかしこれらはどちらも古代の考古学的遺物や対外貿易を証(あか)す陶磁類などの展示が中心で、近世以降戦前までの歴史的資料は意外に乏しいのではないか。

那珂川べりの市立歴史資料館の前にガス燈が設置されてゐるほか、私どもの記憶の中にある昭和初期の町を記録するものは写真さへも展示されてゐないのである。個人的な懐旧の感傷ばかりではない。私の期待する歴史資料館乃至博物館には、古代関係ばかりでなく、太平洋戦争の空襲記録を含めた昭和期までの資料の蒐集と展示がなければならない。これからの福岡地方が対外的、とりわけ対アジア諸国との関係において果すべき役割の重要性を思へば、過去の、とりわけ近代以降の歴史的資料の充実はいろんな意味で必要不可欠だらう。

さらに歴史資料館とは別に、この地方固有の文学館をつくることも希望せずにはをれない。これまた万葉集や菅原道真の菅家後集をはじめとする古代ばかりでなく、特に近代文学関係のものに限つても、蒐集展示すべき多くの資料がある筈である。主なものだけでも北原白秋、吉岡禅寺洞、夢野久作、火野葦平、檀一雄、福永武彦、松本清張、五木寛之などの名がすぐ挙げられようが、その他にも、同人雑誌「九州文学」や「こをろ」の関係のものなどが思ひ浮ぶ。「こをろ」の中心的存在だつた矢山哲治に関しては近年全集や何冊かの研究書が刊行され、再認識されてきてゐる。

私の知る限りでも、金沢市（石川県）には石川近代文学館があり、北上市（岩手県）に詩歌文学館、上山市（山形県）に斎藤茂吉記念館あり、前橋市（群馬県）にも萩原朔太郎関係を中心とした郷土文学館が平成五年完成を期して建設が準備されてゐる。福岡市を含む北九州地区が国際的文化都市を謳（うた）ふなら、文学館設立は当然考へられるべきであり、それは地方文化の形成や文学の活性化に、極めて有益であるに違ひない。

（一九九〇年）

新春雑感

また新しい年がめぐつてきた。私にとつて七十一回目の正月である。私はもう半世紀ほども東京に住みついてゐるが、そして戦前のことはまるで前世のやうに遥かなとほいものに思はれるけれど、正月といへば、やはり昭和初期の、子供の頃の博多のそれが懐しく甦つてくるから妙である。

私の育つたのは昔の繁華街だつた新道の商家だつたから、年末は毎晩十一時すぎまで店を開けてゐて、一夜明けた元日は表の戸は閉めたまま、昼近くになつて屠蘇と雑煮を祝ふ。焼アゴ、椎茸、昆布だしのいはゆる博多雑煮で、元は鯛を使つたやうだが私の記憶では鰤、それにカツヲ菜、里芋、焼豆腐などの具に、丸い水餅だつた。かしはも使ふやうになつたのは、いつの頃からだつたらうか。

今も、東京のわが家では、雑煮ばかりは博多式だが、餅は丸餅ではなくのし餅を切つた切餅である。もう四十数年も博多の正月には行き合はないから、いまはどうなつてるか知らない。昔は歳末には、餅つき屋さんが臼や杵など一式を車で引いて町内を回り、家毎に餅つきをやつたものだが。そんなしきたりは、あの戦時中の大空襲とともに消滅してしまつたのかもしれない。

正月で思ひ出すのは、十年ほど前に鬼籍に入つた詩人西脇順三郎の作品である。

坊主の季節が来た
水仙の香りを発見したのは
どこの坊主か。

といふ出だしの三行が印象的で、よく覚えてゐる。一行目「坊主の季節が来た」といふのが、いかにも西脇流の意表を突く発想で奇にして妙。なぜ正月が坊主の季節なのか分らない。分らないだけにいろいろ勝手に想像することができる。次の「水仙の香りを発見したのは／どこの坊主か。」は、いかにも超俗的で、清雅な感じの二行である。水仙は新春の季節にふさはしくその香りもすがすがしい。

　ところが繰返される「坊主」といふ言葉に、はつと連想させられることがある。一休宗純の『狂雲集』の中にある「美人陰有二水仙花香一」といふ題の七言絶句だ。とするとこの水仙は、際どいエロチックな意味とならざるをえない。「坊主」を一休だと見れば、有名な彼の逸話、正月の門松を冥土への一里塚だと言ひ、「めでたくもありめでたくもなし」と詠じたといふ話も想ひ起され、遡つて一行目「坊主の季節」に、この逸話の含意もあるのかとも、考へられてくる。かういふいたづらつ気を隠してるのが、西脇さんの詩風である。

　その西脇さんの郷里は新潟県小千谷であるが、子供の頃、正月には天神様の掛軸を掛け、燈明をともして拝ませられたさうである。冠をかぶり、紫の直垂（ひたたれ）を着た菅原道真が、波打ち際で円い藁の敷物に端坐した画像だつたといふ。

　江戸時代の絵らしく、平安前期の道真の衣装が直垂といふのも時代考証上へんではあるが、波打ち際云云は、おそらく漁師が船の艫（とも）綱を巻いて菅公休息の場をしつらへたといふ場面を描いたものではなかつたらうか。とすれば、これは福岡市内に今も祀られる綱敷天満宮の由縁となる図絵である。太宰府から遠く隔つた北国で、天神様の軸物を掛ける慣はしがあつたとは面白い。かへつて博多育ちの私には、そんな記憶はない。

　しかし新春の初詣には、よく太宰府天満宮へ参つたものだ。三社詣は櫛田神社、水鏡・鏡・綱敷の三天満宮や、筥崎宮、住吉神社が普通だけれど、すこし遠出をすれば香椎宮、宮地岳神社、宇美八幡、中でもやはり太宰府天満宮に参ることがいちばん多かつた。

去年の秋、何年ぶりかで帰郷した時も、中学高校時代からの友人猪城博之君と、太宰府天満宮に行つた。数年見ない間に福岡市内外の至るところ、変貌のあまりの甚だしさに驚ろかされたが、この辺りばかりは昔の面影をそのままとどめてゐるのに、心安らぐ思ひだつた。

お石茶屋の赤い毛氈に坐つて梅ケ枝餅をたべ雀の囀るのを聞いてゐると、「人生幻化に似たり」との茫洋の思ひに襲はれ、十代初めの頃からの友と、半世紀を経て今互に白髪となつて向き合つてるのが、不思議にさへ感じられた。

その日は天満宮への途中、榎社にも寄つた。道真配流の時の住居跡だが、今では世間から忘れられて、ひつそりと静かな場所となつてゐた。小学校の遠足で太宰府へ行く途中など、よくここで中休みをしたものであつた。昔は榎寺と言つたと憶えてゐるが、今は榎社といふ。年に一度天満宮から神幸の行事があるとのことで、その時はどうか分らないけれど、普段はほとんど訪れる人もなささうな閑寂なさまである。ここで道真は連れて来た二人の子を喪ひ、また都に残してきた妻の死の知らせも受けた。猪城君と私はベンチに腰かけて、そんなことをぽつりぽつり話し合つたりした。道真は延喜三年二月二十五日、妻の訃音を聞いた十日後に、自らも病ひのために世を去つた。数へ年五十九歳。

二十代に戦争で死ぬ覚悟でゐた私どもは、偶〻戦後まで生き残り、道真公より十年以上も長生きしたことかと、そんなことも話し合つたのだつた。

（一九九三年）

中学の思ひ出

私が福岡中学（旧制）に入学したのは昭和九（一九三四）年、六十年以上も昔のことになる。入学の三年前に所謂満州事変が始まり、わが国が中国大陸に侵出、次第に軍国主義化して、やがて太平洋戦争の破局に突入して行く途上にあつた。しかし当時の私どもは、そんな国の状況を客観的に見るほどの視力は奪はれてゐて、教練は嫌ひだつたけれど、毎週月曜日の朝はゲエトルを巻いて運動場に整列し、査閲を受けるのを当然のことと思つてゐた。

そんな時代だつたけれど、いつの頃からか私は文学に強い興味をもつてゐた。一年の国語の先生は竹末先生だつたが、正読本のほかに副読本があり、こちらは福中の先輩で、後年校長も務められた長敬一郎先生が担当された。これには文芸作品が多く収められてゐて、川路柳虹の詩や、木下杢太郎の崑崙山にまつはる少年の話が載つてゐたのを憶えてゐる。同じクラスの宇都宮英一君が、叔父さんの九大の先生の家に寄宿してゐたが、丁度その頃刊行されはじめた『芥川龍之介全集』を、そこから毎月借り出しては耽読した。

二年の頃、学校の図書館で西条八十著の詩の鑑賞の本を借り、そこで萩原朔太郎の「猫」

——「おわあ、こんばんは」「おわああ、ここの家の主人は病気です」といふのを読み、電気に打たれたやうに震撼させられた。これが私の朔太郎といふ詩人を知つた最初で、のちにこの詩人にのめり込み、やがて数十年後に朔太郎全集の編集にたづさはることにならうとは、思ひも寄らなかつたけれど、不思議な機縁だつたと思はずにをれない。朔太郎の最後の詩集『氷島』は昭和九年に出たが、勿論それを当時知る筈もなかつた。

四年のとき、朝鮮から満州にかけて十二日間の修学旅行に行つたのは貴重な体験だつた。そのときの旅行記は「校友会誌」に載つた。今も刊行されてゐるかどうか知らないが、私どもの時代には毎年一回「校友会誌」が出されてゐて、旅行記のほかに拙ない詩なども載つた筈だ。上級生にのちの詩人一丸章氏がゐたが、当時は面識もなく、数年後に「こをろ」といふ同人雑誌で一緒になり、はじめてそのことを知つた。

昭和十三年、四年修了で福岡高校文科（旧制）に入つたが、そのとき文科に行つた六名のうち四名までがすでに鬼籍に入り、なほ健在なのは九大名誉教授猪城博之君と私の二人だけとなつた。猪城君や、同じ四修で佐賀高校に行つた渡辺正気君とは、今でも親密に交遊をつづけてゐる。

（一九九七年）

Ⅱ　戦争

海軍時代の那珂太郎。前列右から３人目。

終戦の時

その頃僕は防府の海軍兵学校にゐた。予備学生上りの海軍中尉で、生徒に国語を教へてゐた。七月まで九州の針尾にあつた予科兵学校が、連日の空襲で危いといふので、全校を挙げて一夜のうちに防府に引越してきたのであるが、引越したものの空襲の危険は一向変りなかつた。B29や、艦載機などが、毎日二三回は僕らの上空を掠めて飛び、その度に四千の生徒と三百の教官は手もなく防空壕に駈け込むばかりで、一日の半ばを壕の中で過さねばならぬ始末だつた。敵機が立去るまでの時間をもて余して、同僚の直木孝次郎と一緒に生徒にドストエフスキイの話をしたり、朔太郎の詩を読んで聞かせたりしてゐた。壕から這ひ出してみたら、私室のベッドに機銃掃射の弾の破片がちらばり、天井に節穴みたいな弾痕がポクポクあいてゐたこともあつた。

そのうち、七棟の生徒館の中五棟まで焼夷弾で焼け落ちた。八月に入ると赤痢患者が出、それがみるみる鼠算式に殖え始めた。僕も食欲減退し全身もの倦い日が二三日つづくうち猛烈な下痢を始め、軍医のところへ行くと、赤痢といふことになつた。その頃はもう生徒の患者五百、教官の患者五十を超えるといふ有様で、病室では間に合はず、いつもは教室に使ふ一棟をぶつ通してゆかにマットを敷き、ごろ寝してゐた。それでも尚帝国海軍の職階意識は厳然としてゐて、教官の病床は教壇の上にしつらへられてゐた。

便所も急場の間に合せで病棟のすぐそばの地面に溝を掘り、筵を垂らしてそれを仕切つた野天便所で、日に四五十回そこで血便を垂れてゐると、前からも後ろからも血便を出すシンギンの声が筒抜けてくるのだつた。気力の衰へも体力に比例して急速だつた。僕らはもう空襲のサイレンを聞いても、頭上の敵機の爆音を聞いても、壕まで歩いてゆくだけの元気はなく、寝床の上でただただうつろな眼をひらいてゐた。薬もなかつた。何でも徳山は空襲でやられて予定の医療品が全滅し、広島には新型爆弾が落ちてこちらは薬どころか、全市が全滅とかいふことだつた。僕ら患者は便所のゆきかへりにゲンノシヨウコを煎じた湯を、野天の大釜からてんでに柄杓で掬つて飲むだけであつた。みんな痩せられる極限まで痩せて骨と皮だけになり、眼の玉ばかりギヨロツとさせてマットの上にころがり、あるいはふらふらと亡者のやうに野天便所にかよつた。

食塩注射からやつと重湯がすすれるまでになつた或る日、昼過ぎ重大放送があるから聴けるものは聴けといふ達示があつた。病棟の中央の軍医室の前に、膝をかかへて床に坐り込んだり、ゆらつと壁にもたれたりして、廊下一杯に蛆のやうに患者がむらがつた。ピーピーガーガーいふ雑音の中から、天皇だといふ泣きさうな声が風に吹きめくられるやうに近くなつたり遠くなつたりしてきこえてくる。僕の位置はラジオから大分離れてをり、一つ一つの言葉は殆ど聴きとれなかつたが、直感的に戦争が終つたのだと感じた。感電した様に全身がジーンとし、心臓がピクピク痙攣した。だがそれは本土決戦とか一億玉砕とかいつた言葉ばかりを千万遍も繰返されてきた今、全く予期すべからざることだつたので、僕は自分の直感がすぐには信じられず、周囲の患者達の表情にその確証を得たいと見廻した。誰の顔もただぼんやりと浮かぬ様子で、何事も受取らなかつた様に見える。この時ほど僕は周囲の皆をはげしく憎んだことはない。やがて皆ぞろぞろと動き出し、僕も自分の寝床に戻つた。マットと毛布の間にサンドヰッチの様に挟まれた僕の身体には、まだ電流が通じてゐるやうであつた。さういへばあれ程しよつちゆう上空を飛び廻つてゐたアメリカの飛行機が、昨日から急に消えうせたではないか。いや、皆も戦争が終つたのを感じなかつた筈はない、きつと感じたにちがひないのだ。ただそれを外部に表すことを怖れてゐるのではないか。感じた所をそのまま表すことを怖れるとは、軍隊の生活で身につけさせられた僕らのあはれな習性だつた。まして戦争が終つたことを、人前で悲しむべきか喜ぶべきか——僕も亦自分の殻を密閉した。その日一日一切の感情の表出を保留した。

翌日、改めて僕らは戦争が終つたことを正式に知らされた。明日からの僕らの生活がどうなるか、上陸するアメリカ軍が僕らをどうするか、具体的には何も予測がつかなかつたが、しかし戦争が終るといふことが、僕の生にとつてどういふことであるかは、わななくばかりの歓びと共に、僕の心ははつきり感じとつた。僕は独りになりたかつた。その晩、病舎を抜け出て練兵場の方へだるい足を曳きずつてどこまでも歩いていつた。ふり返ると、今まで久しい間、それこそ僕自身の一生よりももつと長いと感じられた久しい間、暗幕に閉ざされてゐた庁舎や兵舎や民家に、煌煌と電燈がともつてゐるのが見えた。突然、けもののやうな叫びが咽喉の奥からつき上げてきて、僕はわあああつと根かぎりの声をあげた。泪があふれあふれた。

（一九五六年）

随想三題

1　学園について

学園とは、ふるさとに似てゐる。そこに居る間は、タイクツで、キユウクツで、もつとおもしろくて自由な世界が別にあると思へるが、いざそこを離れてしまふと、逆にたいそう懐かしいものとして思ひ出の中に甦つてくる。

室生犀星は、「ふるさとは遠きにありて思ふもの／そして悲しくうたふもの」と唱つた。学園といふところは、一度出てしまふと、ふるさとみたいに戻るわけにいかないのが、いつそう切なく、もつぱら思ひ出の中だけで美しい。丸山薫の「学校遠望」といふ詩などにも、あらはではないが、やはりさういふ感傷がひそんでゐて、読者をシユンとさせるものがある。

ぼくら凡夫は、いつも現在から過去を「遠望」することしかできないが、時間の流れを超越して、確乎たる未来の位置から逆に現在を「遠望」できれば、すこしは利口になれるだらうけれども、未来は「確乎」としてゐないからこそ未来といへるので、確乎とした未来なんて、死といふ「永遠の無」しかないわけだから、やつぱり現在の方からしかすべては見ることができず、大して利口になれないのは、まことに残念である。もし「死」の方に立つて、「生」の方を遠望できたら、すべての「生」は、たとひそれがどんなものだつたとしても、類ひなく懐かしく、また美しいものに見えるにちがひない。丸山薫の、「小さくメダルの浮彫のやうにかがやいてゐる」といふイメェジはすばらしいが、「死」の側から見た「生」の思ひ出の比喩としてみれば、これではやはりちよつと物足りない。「学校」の思ひ出だからこそ、このイメェジは生きてるのだ。

先日たまたま本郷に行く用があつて、大学附近をうろついたが、街も人もへんによそよそしく、白く乾いて、いつかう情趣をそそられなかつたが、銀杏の並樹ばかりは、金色の小さな扇形の枯葉を、空いつぱいにちりばめて、なんだかそこだけ時間が還流してくるやうで、目にまばゆかつた。太平洋戦争のさなかで、毎週一回教練の時間があつたが、いつもサボつて、配属将校にオドカされ、久しぶりに出ると、「担へ銃」で、何度やつても肩にかつぐ銃が裏返しになり、大いにあわてたことがあつたつけ。絣にハカマ、朴歯(ほおば)の下駄でいつも講義に出たが、小使さんがしよつちゆうあとを追つてきて、「下駄ばきはやめて下さい。帝国大学の伝統にない、下駄ばきだけは」と警告したものだ。——中野重治の「東京帝国大学生」といふ詩をよむと、「羽織」といふのがちやんと居るではないか。「羽織」が居る以上、「下駄ばきの伝統」も中野氏の時代までは、少くともあつたのではないか? あの小使さんはウソをついたのか? 戦争中で、世の中すべて制服にゲエトルだつたから、こちらは軽い気持で下駄ばきにしたに過ぎなかつたけれど。

2 スポオツについて

スポオツについて語る資格が、ぼくにあるだらうか。ぼくはスポオツを好まない。プロ野球などは、テレビで人並に見るし、見るばかりでなく、西鉄ライオンズの相当もうれつなファンでさへあるが、本来スポオツとは、みづから行ふものであつて、傍観するものではあるまい。

子供のころから、体軀矮小、筋力人に劣り、すすんでスポオツを楽しんだことがない。徒競走などでも、いつもビリから一番か二番で、運動会で賞をもらつた記憶などひとつもない。スポオツに関するぼくの経験は、きはめてまづしく、ほとんど記すべきものがない。この項目を割当てたのは、編集者のぼくに対する揶揄にちがひない。

それでも、太平洋戦争の時には、土浦の航空隊で予備学生として訓練をうけ、江田島海軍兵学校の教官を勤めたのだから、われながらあきれたものである。戦後、学校友達に逢つたとき、オマヘみたいな奴が海軍士官になるやうでは、帝国海軍が戦争に敗けたのも当りまへだなあ、と慨嘆された。

少尉に任官して間もない頃、上官に命じられて四キロばかり離れたところに連絡に行くため、自転車を渡されたときも、いまだかつて自転車といふ乗物にのつた経験をもたぬぼくは、やむなくそれを物かげに置いたまま、自分の足を使つて走るほかなかつた。息をきらして駈けながら、世界がそつくり、消えて無くなればいい！　と心に叫んだ。

夏は毎日、兵学校では二時間余りの游泳訓練をやる。ともかくぼくも名目だけは、れつきとした「教官」で、あるとき、居並ぶ生徒の面前で、突然上官はぼくに飛込の模範演技を命じた。——あのとき、あの海軍大尉氏はどういふつもりだつたのだらう？　ぼくに飛込ができることを、彼は信じて疑はなかつたのか。それとも、学生上りのぼくに対する職業軍人としての悪意だつたのか？

軍隊では、躊躇逡巡は許されない。十五メエトル——いや、じつさいはその半分、あるいはもつとずつと低い飛込台だつたかもしれないが、心理的には、まつたく同じことだ——の目くらむ高さに、ぼくはハシゴをよぢのぼり、悲壮で、インサンで、ヤケッパチな、強ひられた自殺者の心境で、とび込んだ。

村野四郎氏の「飛込」といふ詩に、「透明な触覚の中で藻掻く」といふ行があるが、水中に落ちこんでから水面に浮び上るまでの間が、いやに長くて、まさに「藻掻」きながら、一瞬、もう二度と水上に浮び上れないのではないか、といふ不安に襲はれたのをおぼえてゐる。水の外には、泡にうるんで、生徒たちの、シーンとした無表情な顔が、堤防のグリ石のやうに並んでゐた。あとで、その中の一人が、まるで死にかけた蛙がはふり棄てられたみたいな恰好でしたよ、とぬかした。

さういつた次第で、前記の村野氏の詩なども、ぼくには、いまだに平静な気分で鑑賞することはできないのだ。スポオツに関するぼくの記憶は、すべて受難の記憶にほかならず、人生におけるスポオツの意義、といつた案内記なぞ、とても書く気がしないのである。

ちかごろの若い詩人は、精神肉体ともに健全ハツラツとして、スポオツをたしなむ人も多いやうで、結構なことだと思ふが、ぼくなどは、身体を動かすことが万事億劫で、スポオツをやる位なら、坐禅でも組むか昼寝でもしたがマシだと思ふ方で、退嬰的で非行動的な、わが国文人の旧来の陋習（ろうしゆう）をなかなか脱し得ない。健康保持のために、やつたらどうだ、と忠告してくれる友人もゐるけれども、スポオツは本来無目的な行為であるはずだらうし、さういふ功利的意図をもつてこれを行ふのは、感心しないのである。限度を踏み越えて、健康をそこねる位までやるのでなければ、スポオツのダイゴ味は味へないのではあるまいか。

ひるがへつて思ふに、ぼくらが、日常功利的に実用的に行使してゐるぼくら自身の肉体、その全筋肉、全関節を、一切の功利性実用性から解放し、いはば無償の行為、純粋の行為のために用ゐるのがスポオツだとするなら、それは、その人生論的性格において、詩のそれに似てゐなくはないのであつて、詩もまた一種のスポオツだといふこともできよう。

すなはち、詩は精神の、情緒の、思考の、コトバの、スポオツにほかならぬ。いはゆるスポオツが、純粋な肉体行為と呼べるなら、詩は、純粋な精神行為と呼んでいい。コトバは、そこで、何らかの外在的な、功利的実用的目的のために運動するのではなく、詩それ自体のために運動するのである。それは限度を踏み越えて、それ自体の価値のために運動するのであつて、いかなる外在的目的のために、奉仕するのでもない。

村野四郎の『体操詩集』や安西冬衛の「ラグビイ」などの詩でも、よくごらんになるがよい。それは「飛込」や「鉄棒」や「ラグビイ」を、描くために書かれてゐるのでもなんでもない。コトバそれ自体が運動してゐるだけで、つまりコトバの運動のために、それは書かれてゐるのである。「スポオツ」を題材とする詩は、「スポオツ」を描くために書かれるのではなく、コトバがスポオツをするために書かれるのである。

ちかごろのやうに、セチがらい時代になると、万事実利効用の一点張りで、スポオツ一つやるにも健康増進のためなぞと効能書をつけたがるし、詩にも政治的社会的能動性などといふ、お題目がついてゐないと安心できない若い詩人たちが、そこらにウロチヨロするのは、嘆かはしい世相といふほかはない。

もつとも、本来外在的目的に奉仕するものではない詩作品が、人生との間に、何らかの対応関係を示し、暗喩的意味を生じるといふのは、また別の話だ。スポオツの中に、人生を見ることもまた可能であらう。

コトバの「重量あげ」をする、ココロのさびしさ！

3　悲哀について

『枕草子』を読むと、翁丸と名附けられた犬が、自分を死んだと思つてあはれがる人間のことばを聞いて、はらはらと落涙するところがある。これによつて見るに、昔は、犬もまた感きはまつては涙をこぼしたのである。近頃の犬は、悲しみの情から涙を流すといふことがあるものだらうか。

埴谷雄高の「死霊」といふ小説の冒頭、白痴の子にわけもなく打擲される犬が、啼く場面があつたが、あの犬は涙を流したかどうか、なにぶん二十年前に読んだうろ憶えで、はつきりしないが、ひよつとしたらあの犬は涙を流したかもしれないけれども、あれは終戦後間もない頃のことで、もし涙を流したとしても、わが国近代史上空前の、異常な一時期の例外であつて、一般的には最近の犬は、刺戟性乃至生理性の涙はちよつぴり出すにしても、感動性の涙は、おそらく出すことがないのではあるまいか。人間もまた同様で、古代の『伊勢物語』などでは、涙のために乾飯がオカユみたいになつたといふし、中世の軍記物などでも、ヨロヒの袖をしぼることがしばしばだけれども、最近の人間は、そんなに派手に涙を流すことはしなくなつたやうである。それだけ文明が進歩して、人間も知的となり、自己統御をおこなつて、容易に悲哀の情なぞに涙腺を開放しなくなつたのかもしれないけれど、悲しい映画が終つたあと、パッとあかりがついても、若い女性なぞがケロッとして、すぐペラペラお喋りをはじめたりするのは、いささか興ざめなものである。悲しみの涙を湛へた瞳は、冬の湖のやうにきれいで、こちらを惹きつけるものがあるのだが、最近はそんな魅力的な瞳にもなかなかお目にかかれない。

人間が、ほかの生理的排泄作用と同様に、涙といふ悲哀感情の排泄作用に、羞恥心をもつやうになつたのはいつ頃からであらうか。詩においても、「秋刀魚の歌」の佐藤春夫の、さんまの上に涙をしたたらせるのなどは、きはめて例外に属し、むしろこのために、春夫は古い、なども現代詩論家から批判されてゐるやうだ。

現代詩の世界では、だいぶ前から「抒情の否定」などといはれ、なかんづく悲哀の感情のごときは、最も原始的で下等な感情だとして、つよく排撃されてきた。いくら否定したつて「在る」ところのものは無くなることはあるまいと、タカをくくつてゐたが、最近の様子をみると、排泄を拒まれてゐるうちに、どうやら「悲哀の情」そのものが、だんだん人の内部で涸渇してきたのではないかと、思はれるふしがないでもない。カラ景気の威勢のよさや、小むづかしい渋面のポオズはあつても、人間内奥の「存在」の悲哀に深く触れるところのある詩は、あんまり見られないのではないか。

いちだんと文明が進歩すれば、人間もそのうち、犬並みになつて、刺戟性乃至生理性の涙は分泌しても、感動性の涙などは、全然出さなくなるのかもしれない。個人的「悲哀」の表出を抑制してゐるうちに、すつかり感情機能が退化してしまつて、「娼婦の歎き」にたちあつても、ラングストン・ヒュウズみたいにはもう感動しなくなるのかもしれない。もつぱら知的に知的にと鍛練陶冶され、「悲哀」はおろか、一切の感情ごときにわづらはされることは、全くなくなるのかもしれない。禁欲生活をかさねるうち、つひにインポテンツになつたといふ、さる高僧のためしもある。

存在の「悲哀」？　わけのわからぬネゴトだ。感情といつたやうな余計なものが、無くなつてしまへば、人間はじつにサバサバとして、その「存在」は、石のごとく確乎不抜なものとなつて、日のひかり木の葉のそよぎなどにも心は微動だもすることなく、電子計算器のごとくすべては明晰であらう。

いや、詩を書くのも電子計算器にまかせてしまへばよい。感情がなくなれば、「思想」もまた不要となる。なんたるユウトピア！　その時こそ、人間がもはや「人間」ではなくなる時だ。「みづからの存在そのものに悲哀をいだくところの動物」といふ忌はしい「人間」から解脱できる日よ来たれ！

（一九六五年）

＊この「随想三題」は教養文庫『人生案内』のために、上欄の詩作品に合せて書かれた戯文で、与へられた作品は、1は吉田一穂「六月」、丸山薫「学校遠望」、中野重治「東京帝国大学生」、2は村野四郎「飛込」「鉄棒」、安西冬衛「ラグビイ」、安西均「重い万国旗を」、3は佐藤春夫「秋刀魚の歌」、ラングストン・ヒュウズ「真夜中の娼婦の歎き」。

「鬱」の音楽

音楽とは、楽器によつて奏でられるものとはかぎらないのだらう。といつても、音符さへろくに読めぬ私には、あのケエベル博士のやうにスコアを見ながら脳裡にまざまざとシンフォニイを現前させることなどできるわけもないのだが、たとへば夜更けの窓べに、ときにつよくときにかすかに、木の葉をうつ雨の音をきくときなど、比類ない音楽のやうにそれが心にしみいるのをおぼえる。またたとへば「鬱」といふ文字をぼんやりながめてゐると、ふしぎに音楽がきこえてくるやうである。

たまたま近ごろ、或る詩の雑誌で「きらひな文字にがてな文字」といふアンケイトをとつたなかに、何人かの詩人が「鬱」といふ字を「にがて」として挙げ、なかでも富岡多恵子さんのごときはこの字を「大きらひだ」と断言してゐるのをみて、ひどく驚かされたものだ。

いや、驚いた方に、じつは特殊個人的な偏執傾向があるのかもしれない。若い頃耽読した萩原朔太郎の詩集『青猫』のなかには、その題名だけをみても、「恐ろしく憂鬱なる」「憂鬱なる花見」「憂鬱の川辺」「憂鬱な風景」などとあり、詩行のなかにもこの「鬱」の字がじつに夥しく用ゐられてゐたことが、あるいは私の偏執傾向をそだてたのでもあらうか。しかしそればかりではないと思はれる。文字の形そのものに、こちらの想像力を触発するものがある。

細かな活字でよく見えないなら、虫めがねででも見ていただくとよい。蒼く暗い木立の間に、時計塔か鐘楼のやうなものが見えるだらう。前面の芝生のてまへには、幾何学図形のよく手入れされた花壇がある。しかしそこに生えてゐるのはモノクロオムの草だけである。いや、もしかしたらそれは池かもしれない。斜めに交叉する橋がかかつてゐて、水面には配置された石がわづかに露頭してゐる。右手にみえるのは糸杉かヒマラヤ杉か。ざわざわと小枝を靡かせて、風の吹き渡るのがきこえてくる……。

——それが「鬱」という文字が私の内部によびおこすイメェジであつて、どうやらそれは、十年ばかり前にみたアラン・レネの映画〈去年マリエンバアトで〉の、ホテルの果しない夜の遠景のやうでもあるし、また三十余年むかしの本郷の大学の正門前から三四郎の池にかけての状景（左右の配置が裏返しになるけれど）にも似てゐるやうだ。どこからともなく、初夏のころの、あの鬱陶しい体液か蒸しパンの匂ひを思はせる銀杏並木の匂ひが漂ひ、さう、「鬱」の字の奥で鳴りはじめるのは、ベエトオヴェンの弦楽四重奏曲〈ラズモフスキイ三番〉の第二楽章の、くらい内部の波のうねりの果しなく変容する妙に憂鬱な旋律なのだ。

なぜだらう。まるで前世のやうに遠い日の、二十五番教室で聴いたその曲が、よほどふかく心の底にのこつてゐるせゐだらうか。第二ヴァイオリン（それともヴィオラだつたか？）の、その名前も不確かだがたぶん桑沢雪子（？）さんとかいつた奏者の、かしげた額にたれかかる短くカットした髪を、ときどき顔をあげてはらひのける仕種までも、いつか〈去年マリエンバアトで〉のデルフィイヌ・セイリッグのおもかげと重なり合つて目に浮ぶのである。あの第二楽章の旋律が、他のひとに果して憂鬱と感じられるものかどうかわからないが、少くとも私には、ひどく憂鬱で暗いものときこえたのはどうしてだつたらう。当時の私は、ベエトオヴェンの曲を聴くといふより、私自身の情感を独りで勝手にかなでてゐたのかもしれぬ。太平洋戦争のさなかだつたけれども、いくさとは何のかかはりもなくしばしば催された二十五番教室での演奏会で、井口基成氏や草間加寿子氏のピアノ、モギレフスキイ氏や巌本メリイエステル氏のヴァイオリンや、斎藤秀雄氏のチェロなど、ずゐぶんいろいろな曲を聴いたものだつたが、そのあときまつて私は憂鬱な気分に浸つてゐたやうな気がする。演奏された曲がどれもみな憂鬱なものだつた筈はあるまい。とすれば、それは私だけの個人的な偏つた感受に基くものだつたのか、それとも青春といふものに通有の、ほとんど生理的といつてもいい情感のなせるわざか、あるいはまた、時代そのものの目にみえぬ気圧のせゐでもあつたらうか。

正門前の電車通りから入り込んだ道の角に〈ドストム〉、もう一つ赤門寄りの露地の右手には〈ポオラリス〉といふどちらもレコオドを聴かせる珈琲店があつた。そこにも毎日のやうに通つて、一杯十五銭の珈琲で二時間も三時間もねばつたものだが、〈ポオラリス〉の斜め向ひは蕎麦屋で、と、はつきり憶えてゐるのは、当時かけ蕎麦一杯も十五銭で、珈琲――といふより音楽と、蕎麦と、どちらを選ばうかと迷つては、結局空腹のまま音楽を聴くことが屢〻だつたからである。文庫本のニイチエを読みながらモオツァルトを聴き、チエホフを読みながらショパンを聴くといふやうな奇体な所業もめづらしくなかつたが、ニイチエも、モオツァルトも、チエホフも、ショパンも、この世のすべてが憂鬱一色の靄に包まれてゐて、あのころの私は、たえず〈時〉にせき立てられるやうに苛苛しながら、しかもつねに〈時〉をもて余してゐたかのやうだつた。

――「鬱」の字をぼんやりながめてゐると、さういふ過ぎ去つた日が、一種ポリフォニックな音楽となつて甦つてくる。音楽は時間芸術と言はれるが、逆にまた、時間そのものが音楽的ともいへるだらう。

（一九七四年）

一枚のレコオド

一枚のレコオド、と言はれても困つたことに、わが家のステレオ装置は大学生の息子に占拠され、親父はロックアウトされてゐるのが現状で、音楽を聴く機会はきはめて稀である。いや実は、こちらからすすんで音楽を敬遠してゐる気味もなくはない。近づけば惑溺して逃げられなくなりさうな畏れがある。

ぼくらの学生時代といへば三十余年もむかしの戦時中で、当時は無論ステレオなどといふしやれたものはなく、ＳＰ盤を竹針で聴く電蓄と称するものだつたが、下宿ぐらしの貧乏学生は、本郷の裏通りの〈ポオラリス〉といふ喫茶店で、一杯十五銭の炒り大豆の代用コオヒイを啜りながら、コルトオ演奏のショパンの二十四のプレリュウドが終れば、次はコッポラ指揮のドビュツシイの海といふ風に、二時間も三時間も、音楽の海底に沈んで容易にそこから抜け出すことができなかつた。わけてもブッシュ弦楽四重奏団のベエトオヴェン晩期の作、ＯＰ．一三一、一三二、一三五などは、まさに断腸の思ひで、くりかへしくりかへし聴き入つたものだ。そのきはめて内的な魂の黙思の精妙な楽曲化はありうべき音楽の究極点だと感じられ、もはやこの先にはどんな音楽もありえないと独りで断定し、たださへ怠惰無能な詩作志望者は、言葉なぞといふやくざな媒材を用ゐて魂を表白することの不可能に、いよいよ絶望するばかりだつた。

さういふ経験があるから、戦争が終つたあとも久しく、経済的ゆとりがないといふ理由もあるにはあつたが、レコオドを手元に置いてゐてはそれにとり籠められてしまふといふ恐怖心から、音楽はわが部屋に侵入させぬとの戒律を設け、外でしか聴かないことにきめたのである。

昭和二十年代から三十年代にかけて、中野の〈クラシック〉、高円寺の〈エチュウド〉、阿佐ヶ谷の〈モオツァルト〉、荻窪の〈グノオ〉、西荻と吉祥寺とにもそれぞれあつたが名前は思ひ出せない。荻窪に住んでゐた頃、中央線沿線一駅ごとのそんな店をめぐりあるいたのは、古本屋漁りをしたあと大抵立ち寄つたからであるが、世はいつかステレオ時代となり、下宿学生でさへひとかどの装置を備へるものが多くなつては、レコオド喫茶の店もあらかた姿を消してしまひ、それどころか中央線沿線の古本屋の数もめつきり減つたし、ろくな本も置かなくなり、いまは往時のひそかなわが楽しみを呼び戻すすべもない。

さて、一枚のレコオドを挙げよう。といつても手元にレコオドを愛蔵してるわけではなく、数年前、雑誌「ユリイカ」の若い編集者小野君になかば強制的に聴かされ、つよい感銘を受けたのだが、いま発売元に問ひ合せてもすでに廃盤になつてゐて入手できず、再び小野君に借りて聴くわけである。

曲の名は“Speed & Space”(ユニオンＵＰＳ二〇一四Ｊ)――富樫雅彦の打楽器、佐藤允彦のピアノとゴング、高木元輝のテナアサックスほか、池田芳夫の二種のベエスによるクヮルテットだ。現代音楽の状況についても無知に近く、ニュウジャズに関してもまつたく不案内であるぼくにも、これが、現代日本の音楽の最高水準に位置するものだらうといふことは、疑ふべくもないのである。

四人の奏者の内部から発出する音は、楽器それぞれの固有の純潔な音色を析出してはつきり自立しながら、ときに沈黙がそのまま意識の収斂にほかならぬ「間」を介在させつつ、みごとな呼吸で互に交錯し、緊迫し充実した音空間を現出する。ベエスの暗い波のうねり。奏者のもらす息と共に発せられる、空気を切り裂くテナアサックスの鋭い叫び。一瞬の、すばやいピアノの疾走。ふやけたメロディなど生ずる隙もない変転のなかで、ドラムのソロ部分がやはり格別すばらしい。繊細で微妙なピアニシモの顫動、その名の一一をぼくには弁別もできぬ種種のパアカッションの錯綜する連打、おどろくべきスピイドの、醒めたダイナミズム、――そこには衰弱した所謂前衛音楽には欠けた、音自体のもつ生命感がなまなましく躍動してゐる。五つのパアトのうち、特に最終パアトの、海嘯をまじへたすさまじい地鳴りのやうな、あるいは世界の終末にあらがふ幾万もの猫の群れがトタン屋根の上をデモ行進するやうな、――いや、そんな比喩的形容なぞ一切撥無する、クレッシェンドしていく明晰無比な音の圧倒的鳴動。

三十年昔と同様、いまもまたぼくは言葉に絶望せざるをえないのである。　（一九七四年）

戦記にならぬ記録

わが戦記、と題する文章など書く資格は、私にはなささうに思はれる。昭和十八年十月から終戦まで凡そ二年間、海軍に籍を置いたものの、戦地には一度も赴いたことがなく、一週間の乗艦実習の際練習艦で瀬戸内海を廻つたほかは、艦上生活をしたことさへないのだから、海軍軍人としてはモグリみたいなものだつた。

海軍予備学生を志願したときの身体検査で、扁平足のため飛行機にも軍艦にも乗務員としては不適格の烙印を押され、口頭試問で尊敬する人物を訊かれて東郷平八郎や山本五十六の名を挙げるどころか萩原朔太郎と答へて試験官の反応を窺つた位だから、多分だめだらうと諦めてゐたのに合格通知が来た。その時の試験官は写真で見る山本五十六に似た岡本といふ少佐だつたが、のちに江田島に配属され部監事であるその人に出逢ひ、あつと驚いた。

昭和十八年九月二十五日に繰上げ卒業で大学を出て、十月一日に土浦海軍航空隊に入隊した。といつても無論飛行科ではなく、一般兵科の三期予備学生である。学生時代に同人雑誌「こをろ」で一緒だつた阿川弘之氏は一年前の二期生、島尾敏雄氏は同じ三期だが旅順に入隊した筈である。

土浦の駅から航空隊までのバスの中で、見るから文弱の徒といつた感じのひよわさうな男と隣合せになり、かういふ仲間が居れば大丈夫、と何となく意を強くしたが、入隊してみると偶然彼と同じ班になり、またのちにも海軍兵学校の針尾分校で同じ分隊附に配属されたのだからよくよくの奇縁といふほかないけれども、彼が今日の古代史学者直木孝次郎で、海軍時代を通じ最も親しい友といふことになる。芭蕉学者の尾形仂も班は違ふが土浦の同期生で、彼ともまたのちに針尾分校で再会した。

土浦の三箇月の訓練中、カツタアを漕いでは尻の皮を剝き、相撲をやつては肘を擦剝いて化膿させ、重装備で土浦の町まで往復する駈足ではビリになつて樫の丸太ん棒で太腿をぶん殴られみみず脹れを拵へた。二分三十秒で釣床を上げるのにはいつも遅れ、釣床をかついで朝な朝な兵舎の周りを三回走らされた。さういふ生活が厭でも辛くもなかつたと言へば嘘になるが、入隊前の鬱陶しく重苦しい気分からは解放され、自分の心の外側で酷使させられる自分の肉体を傍観する、といつた一種無責任な気安さもあつた。学生の頃からすすんでスポオツをやつたことなど一度もなかつた私が、今日までどうやら健康を保つことが出来たのは、この時の苛酷な訓練の賜物といふべきかもしれない。

その年の暮に江田島海軍兵学校に国語の教官として配属され、東洋史で蒙古専門の護雅夫らと一緒になつた。ここで訓練を受けた同期の佐伯彰一氏や大橋健三郎氏らは入れ替りにどこか

土浦海軍航空隊入隊当日に撮影された第14分隊（一般兵科）10班の集合写真（昭和18年10月１日撮影）。土浦航空隊の経験は「妻見の手帖」「青々」５号、本書「Ⅳ　習作」に収録）に反映されている。

の航空隊に移つたあとだつた。昭和十九年、戦況は険しくなり、アメリカの海軍兵学校はアナポリス、日本の兵学校はアナホリスだなどと軽口を叩きながら防空壕の穴掘りをやつた。九月大原分校、翌年三月針尾分校と、新たに分校が出来る度に志願して転属した。一所不住、「草庵にしばらく居ては打破り」の心意気だつたが、終戦を迎へたときは防府分校で赤痢に罹り、ふらふらの絶食状態だつた。

（一九七六年）

偶感

ある時、爪を切つてゐてふと自分の手の甲に目がとまり、そこにいちめんさざ波のやうにちりめん皺が寄つてゐるのに、はつとしたことがあつた。五十歳を過ぎてゐるからなにも驚くには当らない筈だが、日頃年齢のことなどあまり気にすることもなかつたので、不意打ちをくらつたやうで、草や木の葉が季節の移ろひにつれてしだいに萎れ、枯れてゆくのと同じに、自分の肉体もまた確実にじわじわと枯れて行つてるのだな、と今更のやうに感慨をおぼえた。人の肉体の細胞は時時刻刻滅び且つ生れ、生滅をかぎりなく重ねながら、全体としてゆつくりと枯死へ向つてゐるのだらう。

　さういへば子供の頃からこれまでに、私はどれだけ自分の爪を切つてきたことだらう。それを全部集めたらどれだけの分量になるのか、想像もつかないが、あれらはみんなどこへ散らばつてしまつたのか。爪だけではない、抜け落ちた毛髪や、歯や、汗や、排泄物やは、みんなどうなつたことやら。「一握の塵だつたものは土に還る」――といふ一行が『ルバイヤアト』の中にあつたが、あれらは目にもとまらぬ土埃となつてどことも知れず四散してしまつたのにちがひない。

　愚にもつかぬ、といへばまさしくさうに違ひないこんな思ひは、実はいま新たに浮んだものではなく、四十年ほど昔の中学生の頃、Tといふ友人とよくそんなことを話し合つたことが、思ひ出される。彼は一種の運命論者で仏典なども読み、人の生死も未来もすべては因縁によつて決定されてゐると言つてゐたが、大学を出るとすぐ軍隊にとられ、大陸で戦死した。あの中学生当時、彼自身やがて七、八年後に戦争によつて殺されることにならうなどとは、仮初にも思つてゐなかつただらう。

私の中学の同級生も高等学校の同級生も、その三分の一ほどが既に故人となつてゐるが、その過半は二十代前半に、戦争のために死んだものである。彼等の肉体は今どこの土に還つてゐるといふのか。

（一九七六年）

昭和時代の一面、寸感

私は大正十一年の生れだから、昭和改元の時は四歳である。昭和が終つた一月七日の時点で六十六歳、これから何年この世に在りつづけるか分らないけれど、私の人生の大半が昭和時代に属するのは、間違ひあるまい。

私にとつての昭和時代は、御多分に洩れず一まづ太平洋戦争を境に二分されると言つていい。戦争さなかの昭和十八年九月に私は大学を半年の繰上げ卒業で出て、海軍予備学生として土浦海軍航空隊に入隊した。海軍予備学生は志願制度だつたが、積極的に志願するといふより、陸軍を忌避して比較的に自由で楽らしい海軍を選んだのに過ぎない。私は一般兵科に選別され江田島海軍兵学校で国語を教へる配置に付けられたが、同期の海軍予備学生で飛行科にいつた者は過半が戦死した。同じ一般兵科でもたとへば同人雑誌「こをろ」で一緒だつた島尾敏雄は旅順に配属され、のち特攻魚雷艇隊長となり苛酷な経験を身に負ふことになつた。個人の意志を越えた「偶然」と言ふしかない選別によつて、人の運命が決められたことに、やり切れない思ひがする。

昭和時代が戦前と戦後で二分されるといつても、自分自身の内面生活の上では本質的変化があつたとは思はない。戦前が息苦しい軍国主義的時代と今の若い人には思はれがちだが、たしかにさういふ一面はあつたけれど、個個人の内面生活がきびしくそんな時代色に縛られてゐたわけでは必ずしもなかつた。私などの中学から高校時代にかけての読書の多くは岩波文庫によつたが、緑帯の日本文学より赤帯の外国文学の方が圧倒的に多かつた。私は十九世紀ロシア文学、とりわけドストエフスキイやチェエホフの入手できるかぎりの作品を愛読し、明治以降の日本の近代文学と共にジィドやトオマス・マンをはじめとする独仏文学、特にパスカル、ニイチェに強く震撼され、またヴァレリイやリルケなどは、戦中から戦後にかけ持続的に読みつづけてそこに「断絶」の意識はない。音楽・美術もさうだし、さらに映画もルネ・クレエル、ジュリアン・デュヴィヴィエ、ジャック・フェデエ、ウィリイ・フォルストの作品など、文学作品に劣らず西欧のものに熱中したものだ。

私自身の少青年期の文学的精神形成には、西欧の文学芸術からの影響が少くなかつたと言ふ他ない。それは私のみならず、当時の同世代の学生の多くに共通してゐたのではあるまいか。国粋主義的思考などはなく、明治の文明開化以来の西欧的近代化への志向、もしくは西欧的近代への憧憬は、よかれあしかれ文学の領域でも、戦前戦中を問はず昭和時代を貫いてゐたやうに思ふ。私が詩を書く上で、日本古典からの養分を意識的に吸収しようとするに至つたのは、戦後も数年経つてからのことであつて、戦前はむしろ日本古典を自分の文学制作に結びつけて考へることは殆どなかつた。

自分の能力と位置とを自覚するにがい意識を伴つて、今私は日本語による自分の仕事を考へる。

（一九八九年）

私の死生観

まだ小学校にあがる前だつたらうか、ゆゑ知らぬ「死」の恐怖をおぼえ、怯えた。自分の死についてばかりでなく、自分の身近な肉親の死、それがいつどこから襲つてくるか分らぬといふことが、なんとも理不尽な、不条理なことに思はれ、そのことに怯えた。

それと連動してかどうだつたか、あるいはそれよりかなり遅れてだつたかもしれないが、自分が現にここに在ること、在るといふ意識があること、そしてものを感じ、手で触れれば自分の皮膚に感触があること、そのことの不思議に怯えた。自分が在るとはなんといふ奇つ怪、不可思議な事か。そしてこの感触が、自分の意志とは係はりなく、いつか確実に消滅してしまふこと、そのことがいかにも不可解不条理でならなかつた。

そんな恐怖感、不条理の感覚の自覚は、もしかしたら小学校にあがる直前の昭和三年一月、父の死がそのきつかけだつたのかもしれない。尤もその時は自分が養子だといふ事も知らされてゐず、死んだのが実父だといふ事も知る由もなかつたのだが。彼は知人の葬儀に出て、式の最中に寺の本堂で突然倒れた。脳溢血だった。養家の両親はすぐ私を連れてかけつけたが、彼が寝かされた庫裡には一杯に人が集まり、何匹もの蛭を耳のあたりに這はせて血を吸取らせる様子を、私は奇妙な好奇心めいた興味で見入つてゐたが（昔は脳溢血の応急処置としてそんなことをした）、意識は戻らないまま、彼は不帰の客となつた。

きのふまで元気だつた人が、何の前触れもなく突然この世から消えてしまふ。それは悲しいといふやうな情緒反応よりさきに、不当な、納得しがたい事に思へ、肚立たしく、恐ろしかつた――死に対するそんな恐怖感、不条理感は、その後少年時代を通じて屢〻自分を襲つたが、それから脱却もしくは超越する何の手だても見出せぬまま、その度毎に、いつかその強い感じが遠のいていくのをまつほかなかつた。

やがて大学一年の昭和十六年十二月八日、米英との戦争が始まる。大学を出ると同時に入らざるを得ない軍隊、そして有無を言はせず戦場＝死地に就かざるを得ない定めに直面し、わが人生と「死」とに折合をつけなければならないことに悩まされた。「死」に立向ふ運命を、何とか自己納得しなければならなくなつた。それは可能だつたらうか？——戦後書肆ユリイカ社主となつた伊達得夫と、卒業間近の一夜本郷の下宿で話すうち、彼が突如、戦場でおれは死ねるぞ！　と断言したのに、心底驚かされた。自分には到底戦場での「死」を納得できさうに、思へなかつた。しかし納得できようができまいが、死地に就かざるを得ないだらうことは、必然と見えた。

あの戦争では、じつに多くの同世代者が戦死したが、伊達も、私も、死を免れた。私は海軍予備学生として土浦海軍航空隊に入隊したが、同期の飛行科の仲間は三割二分余が戦死したといふ。一般兵科の私自身は江田島海軍兵学校で国語を教へる配置につけられ、前線に出ることもなく敗戦を迎へた。戦争終結を知つた時、最も確かな実感は、やはり命拾ひをしたといふことだつた。一方、のちのちまで、戦死した同世代者に対して償ひやうのない負目をおぼえざるを得なくなつた。

とりわけ、「死」を前提として出撃した「特攻」の同世代者を思ふと、言ふべき言葉を失ふ。沖縄特攻作戦の戦艦大和に乗組みながら、奇蹟的に（当人の意図を超えて）生還した吉田満氏は、戦後三十四年目の五十六歳になつて、食道静脈瘤出血に襲はれ、病院のベッドで「戦中派の死生観」を妻に口述筆記させた。

連日の注射、採血、検査、深夜までの点滴など、（中略）時に脂汗をしぼることもあったが、人間の苦痛の経験としては、かつての特攻体験のそれには遥かに及ばないと思った。自分が確実に死ぬことを予め知らされ、そのことの意味を考える時間を充分に与えられた上で、死に直面するというような体験は、正常な状態の人間の耐え得る限界を超えている。

確かに切羽つまった「特攻」の場に置かれた者の精神状態は、さきに記した私の大学生活末期の、観念的な「死」との直面とは到底比較にならないだらう。非人間的試練の極といふほかない。

吉田満氏は、前記の口述筆記につづけて、「一度捨てた命だからこそ、本気で大切にすべきではないのか。（中略）残された余生を充実して生きようではないか。死んだ仲間の分まで（こういう発想そのものが戦中派的であることはよく承知しているのだが）、大いに長生きしようではないか」と言つたが、なんとも無慚な運命といふべきか、その数日後に彼は命終を迎へなければならなかつた。

死とはつねに予測できず、本人の意志や欲求とは係はりなしに、向うからやつて来る。戦場でなくとも、流れ弾にひとしい病魔や、事故や、天災が、いつわが身に襲ひかかり、わが命を断つことになるか、分らない。しかしその到来の時期が不確定であることは、むしろ精神にとつて救ひといふべきだらう。

年をとるにつれて、自分の周辺の先輩や友の死に出あふことが多くなつた。自分と同年代ばかりでなく、自分より若い人の死にさへ時折出あふこととなる。だからといつて「死」に馴れるわけにはいかず、死者となつた知己が増えてゆくからといつて、あの世が親しみ深いものとなるわけでもない。

しかし、若い頃とちがつて、「死」を自然な現象として、人間の運命として、受け容れざるを得ないといふ気持は強くなつた。生と死とは紙一重、生から死への移行は、ほんの一押し、未練を一切断ち切ることはできないけれども、いづれ道半ばにして已むほかないと観念する。

（一九九四年）

Ⅲ　交友

矢山哲治（左）と、眞鍋呉夫。
福岡・高宮の眞鍋家門前にて。

伊達得夫のこと

気力ぬけて、何も書きたくないし、書けさうにもない。昼間日常的時間のなかで人と応待してるあひだは、喋つたり笑つたり、どうやら人なみに生きてゐる風だが、それも心の一枚外側のうつろな営みのやうで、かうして、深夜ひとりでゐると、とつぜん胸の内側が、内出血するやうな感じに襲はれる。彼はもうゐない。二度とかへつてこない。呼びかけやうもないし、ゆすりさますすべもない。誰にむかつて、いま、ペンをとらねばならぬ理由などあらう。それをするとは、やりきれずつらく、自分の心に対しても、ずゐぶん残酷なしうちだと思ふ。

正月三日に逢つたのが最後だつた。こんなことにならうとは、思ひもしなかつた。逢へばいつも軽口をたたきあひ、二十数年来の気安さから、お互ひ空気みたいなもので、病気のことも本気には心配せず、えらく長いぢやないか、もういい加減に直つたらどうだくらゐにしか、考へなかつた。本人も、内心気にしてたにはちがひないが、たしかに直りがおそいのに苛立つてはゐたが、痛みもなにもないと言ひ、食欲も普通だと言つてゐた。年末に逢つたとき、のうのうと寝てやがつてぶざまに肥つたぢやないかと言ふと、バカ、ムクミだよと答へ、醜態だね、とその男ぶりの落ちたのを自ら気にしてる風だった。ムクミは薬の副作用だと言ひ（事実医者はさう言つてたらしい）、三日には顔のムクミが引いてるので、そのことを言つたら、ウン、薬を替へたからね、と言ひ、それでも、近いうちにまた慈恵医大に入るかもしれんと仄めかしてゐた。あとで夫人に聞くと、そのころ顔のムクミは引いてゐたが、腹の方がムクミはじめてゐたといふ。五日入院、病状は急速に悪化し、特に最後の二日間のくるしみは、聞くも無慚なさまであつたが、なほかつそれをずゐぶん我慢してゐたやうだ。彼はいつも心の暗い沼を人には見せない風で、根はたぶんにセンチメンタルなさびしがりやのくせに、うはべはやや冷淡な、シニカルなところをみせ、あへて自己表現をしない男だつたが、最後はつらかつたらうと、いたましい思ひがする。

　病気を軽く考へ、友人として全くなすところなかつたことを、とりかへしのつかないことに思ふ。三日に逢つたとき、枕元でタバコを吸つてると、自分もタバコをとつて火をつけ、かまはないのかと訊くと、ウン、タバコはいいんだと言つてゐた。寝てるといろいろ仕事のプラン

伊達得夫

が湧くと言ひ、はやく直つて仕事をしたくてならない風だつた。高等学校のころは、詩みたいな歌みたいなものも書き、小説みたいなものも書き、クラス雑誌の編集をやり、装幀もやり、カットもかき、卒業アルバムの編集もやり、教師の似顔漫画は入神のわざにちかく、弁論大会で人生論などもブッたが、さういふ多様な才能の可能性を、ひとつひとつ自ら断念していつて、いまは出版と雑誌編集だけに打ちこんでゐた。おもへば高校時代のあの頃から、この世に真になすべき何事も僕らにない筈だつた。怠惰は、僕らに強ひられたやむを得ぬ正当な権利の筈だつた。彼の胸には永久に晴れない倦怠の靄がこめてゐた。いま、彼のことを仕事の鬼、などと呼んでは嘘にならう。書肆ユリイカは、彼が生きて行くための、必要最小限度の身ぶりでしかなかつたらう。だが、その仕事のために彼がその肉体をすりへらし、過労のため病ひを得、しかもなほ仕事のためにみづから切に回癒をねがひ、ひそかに苛立ち、そのためかへつて死期を早めたといふこともまた、疑ひもない事実である。

ユリイカの仕事を、人のふんどしで相撲をとるやうな仕事だな、なぞとよく自嘲してゐたが、その仕事にひそかな自信と誇りを彼が持つてゐなかつた筈はない。装本には極度に神経をつかひ、外装と内容との調和にはいつも人知れぬ苦心をはらつてゐた。装幀の決定には、その本の内容に対することばにしない彼流のふかい理解と把握が示されてゐた。もうひとつの彼のひそかな自慢は、それだけの装本をいかに驚くべく安い原価で仕上げるかといふところにあつたが、これはあんまり公けに自慢するわけにいかないところが彼のつらいところでもあつた。本の出来具合について文句をつけると金さへあればね、オマへ、といかにも困つた風に言ひ言ひした。誤植の摘発は彼の泣きどころであつた。定価が高いといふ悪評に対しては、定価を高くしてなほかつ儲からぬやうな本を出すのは、むづかしいのだと、痩せ我慢じみて応へ、定価を安くしても儲かるやうな本しか出さぬやうになつたら、もうユリイカはユリイカぢやなくなるよと言つてゐた。

彼はけつして人づきあひのいい男ではなかつた。話術はきはめて消極性の受身のもので、喋るところはおほむね憎まれ口か揶揄、正面きつて人をホメることなぞつひぞしない男だつた。しみつたれたところもなくはなかつた。(儲からぬ出版業を続けなければならない以上、当然だらう。)にもかかはらず、彼のところにはふしぎに人が集つた。伊達と逢つてると妙に気が滅入つてしまふなどと言ひながら、それでもよく彼のところに多くの人が出入りした。一一名前は挙げないが、いづれもすぐれた才能の持主だつた。ユリイカのために彼らは無償で詩を書き、エッセイを書き、協力を惜まなかつた。それは伊達の、得がたいしあはせだつたと思ふ。それなしにはユリイカはなり立たなかつただらうし、たしかに、人のふんどしでしぜん相撲がとれるやうなあんばいでもあつた。だがそこに彼の手柄がなかつたわけでもないと信じる。彼は、いろいろの特集号や、リレエ式乃至独走式連載エッセイや、はては日本詩誌史上空前の連載長篇詩まで企画し、彼らに書くことをそそのかした。怠惰の美徳の持主は、人の労働を挑発することにかけてはほとんど勤勉であつた。ユリイカに協力したのは使嗾され挑発された彼らだつたにちがひないが、もし、彼が、チュウブの中味を押しだすやうに、やんわり外から心理的圧力を加へなかつたとしたら、それらの労作のあるものはつひに生れずじまひだつたかもしれない、と思ふ。告別式の日、伊達さんあなたはふしぎな人でした……と清岡卓行が弔辞をよみはじめたとき、それまで、心と涙腺とに栓をつめ、何も思ふまい何も感じまいと覚悟してゐたのに、つい一瞬あたりがかすんでいくやうであつた。

伊達よ、おまへはかけがへのない男だつた。まあ詩壇なんかおまへなしでも結構やつていくだらうさ。でもおまへをなくしたことは、おれたちにとつてとりかへしがつかない。おまへは友情を目だたせるやうなことはつとめて避けてゐたが、旧友のよしみで、おれのことをいつも気にかけてゐてくれたな。いま、痛いやうにそれを思ふ。報いることの何一つなかつたことを、済まぬと思ふ。

（一九六一年）

最初の稿料

昭和二十一年五月、福岡で創刊された「午前」といふ雑誌に、徒然草についての小論を出し、はじめて原稿料といふものをもらつた。尤も、原稿は三年前の昭和十八年に大学の卒業論文として書いたもので、金の方も雑誌が出る数箇月前、あるいは前年の暮あたりに受取つたのではなかつたらうか。戦後間もない頃のことで金に困り、雑誌創刊にたづさはつてゐた友人の眞鍋呉夫に頼んだら、すぐ折返しで百円送つてくれたと憶えてゐる。当時ぼくは東京で女学校の国語教師をしてゐたが、月給は六十円前後だつた筈で、この百円はたいへん巨額で、貴重なものに思はれた。めちやくちやなインフレ時代だつたから、数箇月の前払いは、雑誌発刊時点での百円の値打ちの、何倍分に当つたであらうか。この雑誌には、当時まだ学生だつた三島由紀夫氏の「わが世代の革命」といふエッセイや、小説を書きはじめたばかりの庄野潤三氏の短篇なども載つた。

詩作品で稿料をはじめてもらつたのは、昭和二十二年、伊藤整氏らの「文壇」といふ雑誌に採用されたときである。これはこの雑誌を出してゐた前田出版社に勤めてゐた友人（のちの「ユリイカ」社主）伊達得夫が売り込んでくれたのだつたが、その金額は思ひ出せない。読者のためでは全くなく、ただ自分自身をあやすために書いたものが金銭価値を生んだことに、一種むずがゆい喜びがあつたには違ひないが、詐欺行為を敢へてしたといふ後ろめたさも同時に覚えた。

（一九六九年）

「こをろ」の頃の島尾敏雄氏

昭和十四年の秋に福岡で発刊され、戦争中の昭和十九年四月に終刊するまで五年ほど続いた「こをろ」といふ文学同人雑誌があつて、長崎高商から九州大学へかけての学生時代の島尾敏雄氏が、その同人だつたことは、彼の年譜によつて知られてゐる。

この雑誌の同人には、長崎高商出と福岡高校出の九州大学の学生が多かつたが、その中心メンバアの一人だつた矢山哲治（彼は昭和十八年一月末、福岡市郊外の私鉄電車に轢かれて死んだ）の高校での後輩だつたつながりで、私も同人に加はつてゐた。しかし同じ雑誌の同人といつても、当時十七歳の高校二年生だつた私は、先輩のあとについて名前だけつらねたやうなものだつたから、その頃の島尾氏を親しく知つてゐたわけではない。白皙のおもてに眉濃く、しかし澄んだ瞳や口もとにどこか気弱さうなところの窺はれる（じつはそれはうはべのことで、芯はおどろくべく粘りづよく靭（つよ）い）島尾氏を、雑誌に連載されてゐた「呂宋紀行」の作者として、同人の会合などでしばしば見かけはしたものの、五歳年長（はたち前後の者にとつては五歳のひらきはたいへんな隔りと感じられた）の彼と、個人的に言葉を交す機会などはほとんどなかつた。そのうへ当時の私は外界に対する積極的な関心に欠け、周りの人を観察することもことさら避けようとするところがあつて、その頃の島尾氏の日常を直かには断片的にでも描き出すことはできさうもない。ただ彼には美しい妹さんが居て、たいそう兄妹仲がよく、まるで恋人同志のやうに手をつないで町を歩くといふ噂（あの頃はたとひ兄妹でも若い男女がいつしよに町を歩くことはきはめて稀だつた筈だ）が、羨望と共に同人仲間にひろまつてゐたのが思ひ出される位である。（年譜によると、この妹さんは昭和二十二年に亡くなつてゐる。）

ところが私は昭和十六年三月に高校を卒業して東京の大学に移つたあと、かへつて島尾氏のことを間接にいろいろと聞く機会が多くなつた。といふのはいつしよに東京の大学に来る筈だつた友人の千々和久彌が、不覚にも高校三年をもう一度繰返さなければならぬ破目となつて福岡に残り、その彼が島尾氏と素人下宿の一つ部屋で同居生活をすることになつたためであるが、それは、高校のすぐ裏手の小高い丘にある藁葺の家で、戦後〈書肆ユリイカ〉を創立することになる伊達得夫（昭和三十六年病死）が、同級生（大学卒業後兵隊にとられ、

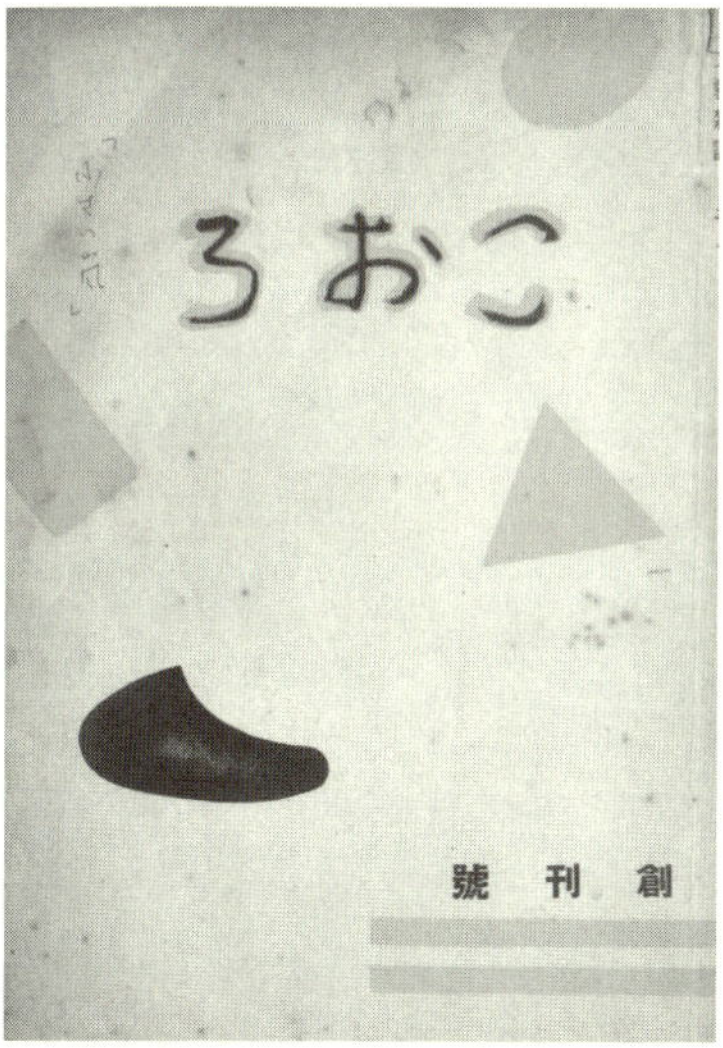

「こおろ」創刊号（昭和14年10月、こおろ発行所、5号より「こをろ」に改題）

大陸で戦死した）といつしよに住んでゐたのだが、この二人が京都の大学へ行つたあとを承けて千々和が入つたのだつた。私もその家には伊達が下宿してゐた頃しばしば訪ねていつたものだが、北向きの縁先の庭にはこぼれ松葉がちらばり、真向ひの下界には高等学校の建物を越えて大濠公園が展け、さらにその向うにははるか博多湾の果ての志賀島まで見渡せるといつた静かな所だつた。たまたま千々和のところに遊びに来た島尾氏もそこが気に入つて、同居することになつたやうだ。

以下は千々和からの伝聞といふことになるが、島尾氏は内気さうな外見に似ぬ社交性があつて、女友達にもやさしいのでうけがよく（これは千々和のコンプレックスも交つた観察かもしれない）、人をそらさぬ話術に富んでゐて、大学での松枝茂夫氏の中国文学の講義をこまごまと再現してくれたり、またあるときは、その松枝氏が同じ大学の目加田誠氏と中洲のビイル園で痛飲し、双方ともおれが払ふと争ひながら、財布をあけたらどちらのもほとんどからであつた、などとまるで見てきたやうに話して聞かせたといふ。島尾氏は朝起きると毎日きまつて南側の窓の方へ寄つて、七三に分けた長髪（その頃はすでに大抵の学生は丸坊主になつてゐて、髪を蓄へてゐた者は珍らしかつた）に丹念に櫛を入れ、「木の葉髪だ」などと言ひながら、梳きとつた抜毛とフケを風の中へ捨てたあと学校へ出掛けた。市電に乗つて九大に通ふ島尾氏と、すぐそばの高校へ行く千々和とでは出掛ける時間もちがふし、二人は同室であつても互に干渉せず、生活はなるべく別にするといふ流儀であつたが、たまたま気息が合ふと連れ立つて映画を見たり、飲みに行つたりもしたらしい。

この友人のことは、島尾氏の初期作品（すべて『幼年記』昭和四十二年刊に収録）の「満洲日記」（「こをろ」9号・昭和十六年九月刊）や「浜辺路」（「こをろ」14終刊号・昭和十九年四月刊）に実名で出てくるし、戦後書かれた「挿話」といふ小説も明らかに島尾氏自身と彼とが素材とされてゐる。ここでは二人の名前は伊達捨夫と大森創造となつてをり、前者は紛れもなく下宿の先住者伊達得夫をもぢつたもので、後者の名の一字目も伊達と同居してゐた友人のそれを借りてきたものに相違なかつた。昭和二十三年にこれが発表されたとき、伊達は、「捨夫とはひでえな、いつそ伊達損夫とすればよかつたのに。」とぼやいたものである。ともあれこれらの作品の中に千々和の風貌と生態がじつに克明に生生と刻印されてゐるのに私などは驚かされるが、これによつても、二人の同居生活はやはり互にとつてかなり鬱陶しいものになつてゐたにちがひなく、いづれは別居したがいいといふことになる筈だと思はせられるのだ。その時期がいつの事だつたかははつきりしないが、少くとも太平洋戦争の始つた昭和十六年十二月八日までは二人が同居してゐたことは確かなやうで、千々和の証言によれば、その日の朝開戦のラジオニユウスを聞くと、島尾氏は、その年の夏休みに二人で満洲旅行したときにハルピンあたりで手に入れてきたロシヤ語の新聞などを、下宿の庭先に持ち出して焼いた。「こんなの持つてるとひつぱられるかもしれん。」とつぶやく一方、島尾氏は、「なんやしらんけど、かう、暗いところをまごまご歩いとるところに、車のヘッドライトかなんかでパアッと照らし出されたやうや」といふ風な感想を洩したさうである。この言葉は、千々和の伝へるところをそのまま引写したのであるが、本籍地が福島県相馬で横浜に生まれ神戸で育つた島尾氏は、さらに長崎と福岡で学生生活をかさねて、一種抽象的ともいへる独特の方言を使つてゐたが、語尾の口調などはやはり関西風のところが最もつよく感じられたと、私も記憶してゐる。あの頃の私たちは、時代の動きにけつして同調はできなかつたものの、政治や歴史を客観的に透視するといつた種類の視力は奪はれてゐて、まるきり受身にしか外部に対応できなかつたから、開戦に際しても、ただどうにも逃げ場のない不安と戸惑ひをおぼえさせられるほかなかつた。

さて「こをろ」の頃の島尾氏の作品は、創刊号から五、六回に亘つて連載された「呂宋紀行」にしても、前記「満洲日記」や「浜辺路」（これは私の好きな作品だ）にしても、特攻隊長としての異常な戦時体験を経て著しく作家的成長をとげたのちの島尾氏からみれば、習作といふほかないものだらうが、当時の同人雑誌の中ではやはり際立つてゐたやうに思ふ。あの年代の文学青年は、たとへば志賀直哉風とか、芥川龍之介風とか、新感覚派風とかいふやうに、それぞれお手本のある一種の美文意識をもつてゐるのが一般であつたが、島尾氏ははじめから既成の文章の型から自由なところがあり、心理に即してリアルな、粘着力のある独自の文体をさぐつてゐた。日常の些事についての鋭敏な観察ときめのこまかい文章はあたかも細密画をみるやうで、しかも在来の自然主義作家のやうないはゆる自然描写や外景描写はほとんど見られず、風景の描写なども、すべて人物の心理乃至意識のうごきをうつし出すものとして、みごとに内面化されてゐた。また体臭とか、吐く息の酒の臭ひとか、腫れ物のことなど、自然主義作家でもあへて書かうとしないやうな生理的、皮膚感覚的な描出も、のちの島尾氏の作家的特質の萌芽を示してゐた。日常的事象の細部についての叙述は、事実に対するくどくどしいまでの執着とこだはり、それをできるだけ丹念に記録して置かうとする欲求におそらく支へられてゐるのであつて、当時の私などはそれをいささか煩はしいとも感じたのであつたが、これは、大学でも東洋史学科を専攻した島尾氏の、気質的なものに根ざすかと思はせ、それがのちの彼の戦記物や病妻物などでも、他に類のないかたちで生かされたものと考へさせられるのである。

（一九七三年）

「こをろ」の頃　1

昭和十三年四月に私は福岡高等学校（旧制）に入学したが、そのとき最上級生で文芸部委員をしてゐたのが、のちに「こをろ」の中心となつた矢山哲治氏だつた。

その年の校友会雑誌に私は小説もどきの二十枚ほどの作品を投稿し、没になつた。この原稿はとうに紛失して今読み返すすべもないけれど、いづれ十六歳の少年の、読むに耐へぬセンチメンタルな幼稚な代物だつたに違ひない。矢山氏はわざわざ一年生の教室までやつて来て私を呼び出し、舌鼓でも打つやうな熱つぽい独得の口調で、「形式への努力はあるが作品以前だ」「肉体が無い」（つまり「徒らに観念的で肉づけを欠く」といふことだつたらう）と評し、太宰治を読むことを勧めた。その名は私にははじめて聞くものだつたが、当時太宰は三十歳を出たばかりで、世間的にもあまり広くは知られてゐなかつた筈だ。新潮社の「新選文学叢書」の一冊として『虚構の彷徨』といふ小説集が出て間もない頃で、私はそれからかなりの期間、在来の小説形式を思ひきり壊した、この自己顕示と自己卑下にみちた作家の文体に幻惑されることになつた。

そんなゆかりで、その翌年「こをろ」が発刊されたとき矢山氏に誘はれたのだが、同級生の猪城博之や千々和久彌や小島直記と一緒にこれに加はつたのは、たぶん三号あたりからだつたと思ふ。「こをろ」の中心メンバアの多くは三、四歳年上の大学生だつたから、まだ十七、八歳の私たちの目には彼等がたいへん大人に見え、こちらはただ末席に名前だけ連ねてゐるやうな気分だつた。「こをろ」はグルウプの結成当初から、文学同人誌といふだけでなく、雑誌以前の「精神的連帯による集団」といふ面がとりわけ強調されてゐたやうだけれど、内閉的だつた当時の私にはその理念もよくはのみ込めぬまま、年長の同人達には心理的距離感を持たされてゐたのである。

雑誌にも私はほとんど作品を出さず、ただ一回「界」といふ題の十枚足らずの小品が載つたときは、同じ号に掲載された眞鍋呉夫の小説が、「非常時」たる時局に背くといふ理由で検閲にひつかかり、雑誌は店頭に並べられないまま没収された。

「こをろ」のなかで個人的に話ができたのは、同級生の猪城と千々和を別にすれば、矢山氏と眞鍋氏ぐらゐではなかつたか。高等学校の先輩だつた小山俊一氏（『ＥＸ－ＰＯＳＴ通信』『プソイド通信』の著者）とも、親しく話すやうになるのは二、三年後の東京に出てからのことで、当時はその狷介不羈な風貌に近づきがたいものをおぼえてゐた。眞鍋氏は年齢もさう離れてゐないせゐもあつて、猪城に連れられて何度か大濠公園の近くの彼の家に遊びに行つた。机の上にはいつも書きかけの原稿用紙と、煙草の吸殻を林立させた灰皿と、新刊の文学書が何冊も置かれ、彼はこちらがまだ読んでゐない本の内容をじつになまなましく活写してくれた。

旧制福岡高等学校の学友たちと。
左から湯川達典、那珂太郎、猪城博之。

その頃最も身近で親しかつたのはやはり猪城や千々和とともに、文科乙類（独逸語専攻）の同じクラスの伊達得夫（戦後書肆ユリイカ社主となり、昭和三十六年死亡）や湯川達典（詩集『とある日の歌』『流れのほとり』評論集『文学の市民性』の著者）だつた。伊達と湯川は「こをろ」に加はらなかつたが、毎日学校で顔を合せるだけでなく、片土居新道にあつた珈琲店「木靴」（木靴のサボはサボタアジュに通ずると当局に睨まれ、のち「門」と改名）や、東新道の音楽喫茶「リズム」に出掛けては、無為の時を過した。パスカル、ニイチェ、ドストエフスキイ、チエホフ、ボオドレエル、ジイド、ヴァレリイ、リルケ、ホフマンスタアル、トオマス・マン、萩原朔太郎、西田幾多郎、小林秀雄、などを何の脈絡もなく私たちは読み、戦時下「新体制」が唱へられた時代にどのやうな建設意志も持てぬまま、それらの本の中にただただ生きるよすがを求めあぐねてゐたやうである。

昭和十六年、私は東京の大学に入つて福岡を離れることになるが、その年の十二月八日に太平洋戦争が起つた。翌十七年から「こをろ」同人にも軍隊に召集されるものが出はじめ、東京在住者からも阿川弘之氏は海軍予備学生を志願し、眞鍋氏は陸軍へ召集された。この年小山俊一と千々和も上京、二人は本郷西片町の十畳間に同居生活をはじめた。私は真砂町の下宿からしばしば二人の部屋に行き通つた。小見山篤子、里子姉妹や、吉岡達一もここに集まつた。重苦しい空気の中で私たちは方途もしらず、『罪と罰』や、『桜の園』や、『平家物語』『奥の細道』『曾根崎心中』などを、替る替る朗読し合つては夜を過した。戦争はいよいよ険しくなり、昭和十八年、矢山氏は福岡で急死し、小山氏は軍属を志願して南方へ去り、やがて東京在住者も小見山姉妹だけを残し、みんな陸軍と海軍とにわかれわかれに入隊して行つた。

（一九七八年）

「こをろ」の頃　2

このたび「こをろ」の復刻版が言叢社から刊行された。といつても今、『古事記』国産みの段、「塩こをろこをろに攪きなして」からとられたこの誌名を知る人は極めて稀れだらう。これは昭和十四年十月に福岡で創刊され、昭和十九年四月の終刊号まで計十四冊を出した地方同人誌であつて、頁数平均九十頁、発行部数四百——五百の小冊子にすぎない。

「こおろ」２号（昭和15年３月、こおろ発行所）

　雑誌発刊時二十歳前後だつた三十数名の若者からなる「こをろ」のグループは、結成当初から単なる作家志望者の集まりといふ以上に、もつと幅広い文化主義的な「精神的連帯による集団」たることを志向してゐた。それだけに、同人のうち戦後今日に至るまで文学活動をつづける者は必ずしも多くはないけれど、阿川弘之・小島直記・島尾敏雄・眞鍋呉夫らの作家のほか、昭和三十年代初めから地方誌に「小林秀雄ノオト」を連載してつとに注目された星加輝光、詩集『天鼓』で昭和四十八年度H氏賞を受賞した一丸章、四国の宇和島に隠遁してガリ版小冊子を出しつづける『ＥＸ—ＰＯＳＴ通信』『プソイド通信』の著者小山俊一などがゐる。

今にして思へばこれらの同人はすべて文学的気質も志向もかなりばらばらで、それを統一的観念で括ることは不可能にしか見えまいが、それがともかく一つのグルウプたり得たのは、戦時体制下の重苦しい空気の中で各人がなんらかの精神的拠り所を求めようとする、あの時代のなせるわざに違ひなかつたらう。

「こをろ」が発刊される半年ほど前の昭和十四年三月には、内務省は新聞紙法による新聞・雑誌の創刊を原則として認めないことを決定してをり、用紙の統制もまたきびしい時期で、この創刊許可は異例といつてよく、さらに昭和十六年には文芸同人誌九十七誌が八誌に整理統合され、昭和十七、八年の太平洋戦争中には大半の同人誌が廃刊の憂き目に遭つたことを併せ考へれば、これが昭和十九年四月までとぎれとぎれにでも命脈を保つたこと自体、稀有なケイスだつたといはねばなるまい。終刊号の「あとがき」によれば、同人の多くは召集を受け次次に軍務につき、あとに残された者病人一、帰還待機中の者一、女性二の四人のみとなり、「本号を以て、第一次こをろ不定期休刊とすることを、既に遠くにあつて戦つてゐる各同人にお伝へする。」とある。同人の一人だつた私も、これを海軍予備学生として服務中の江田島海軍兵学校で受け取つたが、高校二年先輩の小山俊一は軍属として遠くボルネオに行き、大学一年上級の海軍中尉阿川弘之は軍艦に乗つてたぶん南太平洋上にあり、島尾敏雄は同じ海軍予備学生でも外地旅順で訓練中、眞鍋呉夫も内地とはいへどこかの島で陸軍上等兵としてしごかれてゐるにちがひないことを思つて、なにか自分だけが不当に楽をしてゐるやうな後ろめたさを感じさせられたものだつた。

ところで今度の復刻版は雑誌のバックナンバアばかりでなく、当時同人の間に配られた二十八回百二十二枚に及ぶガリ版刷りの「こをろ通信」が全部活字化され、8ポ二段組二百頁の別冊にまとめられてゐる。これはひとへに島尾敏雄の驚くべき丹念さに負ふのだが、粗末なワラ半紙に謄写刷りされたこれらの原本が、四十年後の今日まで保存されてゐたとは奇蹟的といふほかない。

「こおろ」３号（昭和15年７月、こおろ発行所）那珂の作品が初めて掲載された。

ここには雑誌作品の相互批評や同人会の記録、同人の私信や消息から事務連絡まで記されてゐるが、これで見ると雑誌三号が眞鍋の小説「野良犬物語」で発禁処分を受けた経過報告、雑誌の中心だつた矢山哲治の、この措置を前向きに受け入れる反省文などがあり、その次号の「通信」では、「同人会を満場一致で通過した阿川の傑作小説「初恋」は、不幸、当局の原稿内閲の結果、掲載禁止を云ひ渡さる」とあり、その理由として、「学生の恋愛であること、作者が学生であること」（！）と記されてゐる。今日の若い人たちには想像もつかないだらうやうな、あの当時の空気がまざまざと思ひ出されるが、この阿川の初期作品は日の目を見ないまま原稿が散逸してしまつたらしい。

さて私は同人中最年少だつたせゐもあり、きはめて消極的不熱心な一員でしかなかつた。しかし終始「こをろ」同人のつもりだつたのに、この「通信」を通覧してはつきりしたのだが、創刊時には私は同人として参加せず、翌十五年五月の三号から加入、ところが同年末から翌年初にかけ「こをろ」が一旦解散し再組織されたとき、ふたたび私はこれに入つてゐない。これは「私達、昭和の子らは、新体制へ欣然として参与致します。」（四号巻頭、「一周年の言葉」）といつた「時局」への積極的参与に自信が持てなかつたゆゑの、不参加だつたらう。といつて「時局」に対する客観的認識や批判力が私にあつたわけでは全くなく、ただ当時の私はひどく虚無的な、一種の神経衰弱状態にあり、市内の禅寺に参禅してみたり、同級生の伊達得夫や千々和久彌と九大医学部の精神病病棟を見学に行つたりしてゐた。当時チエホフの「六号室」を読んで感銘したとはいへ、この見学と自分の一種の神経衰弱状態、虚無感との間に、どんな関係があるかは一向明らかでなかつたが。

私が再度「こをろ」に加はるのは東京の大学に入つたあと、戦況がけはしくなり始めた昭和十七年なかば、小山先輩に強く勧められたためだつた。

（一九八一年）

島尾敏雄を憶ふ

十三日早朝、まだ寝床にゐるところを「新潮」の鈴木さんの電話で起され、島尾敏雄の死を知らされた。まつたく予期しない事とて、思はずえつと声をあげた。脳出血といふ。（あとで見た新聞では出血性脳梗塞とあるが、その区別は審らかにしない。）つい先月、鮎川信夫がやはり脳出血で逝つたばかりだといふのに。——鮎川氏の二日前には安田武の死を新聞で知つた。安田氏とは曾て一度だけ、柳橋の料亭での地唄舞の会で偶然同席し、言葉を交しただけだつたが、この三人はそれぞれ三様ながら、〈時代〉を運命として真摯に生きた戦中派といつてよく、それがひと月足らずのうちに相次いで他界するとは。

とりわけ島尾氏の場合は格別である。日常の交りはごく淡い間柄だつたものの、半世紀来の知友であり、戦前戦後を通じて「こをろ」「午前」「現在」の三度まで同じ雑誌で一緒だつただけに、さまざまの思ひが残る。

昭和十四年、私の高校二年先輩の矢山哲治を中心に「こをろ」が創刊されたとき、はじめて島尾氏を知つた。当時彼は二十二歳、「呂宋紀行」などを連載したが、私は十七歳で、同人として参加したものの、ものを書く力は無いにひとしかつた。五歳年長の島尾氏とは直接言葉を交したことは殆どなく、ただ彼の、青白く気弱さうな風貌にも拘らず、妙に粘りづよく不屈さを窺はせる様子を、同人会の席などで遠くから眺めるばかりだつた。

彼は長崎高商卒業後、一年課程の海外貿易科に残り、昭和十五年に九州大学経済科に入学、さらに翌年文科東洋史学科に再入学するといふ回り路をしたので、大学卒業は戦時中の繰上げで私と同じ昭和十八年九月になつた。卒業と同時に海軍予備学生となつたが、彼は旅順の教育部に入り、のちの彼自身の小説で知られる通り、魚雷艇学生となつて特攻艇の震洋隊長となり、私の方は土浦海軍航空隊教育班に入隊の後、江田島海軍兵学校で国語を教へる配置につけられた。

戦時中の海軍予備学生の配属は当人の思ひ及ばぬ偶然によつて一人一人の運命を決めたといつてよく、入隊の場所と配置は互に入れ替つても全く不自然ではなかつたにも拘らず、私や千々和久彌（島尾氏大学一年時に同居生活をし、戦後の島尾作品の幾篇かに仮名や実名で登場する）は死の危険から免れた内地勤務につき、同じ「こをろ」同人でも阿川弘之や小島直記は太平洋上の軍艦に乗り、島尾氏は就中死に直面することを強ひられた特攻艇隊長となつたのだつた。この偶然の機縁から、島尾氏は戦後の人生をほとんどすべて戦中の体験を背負つた生き方をしなければならなかつた。無論島尾氏と同じ体験を強ひられたとしても、誰もが彼のやうにそれを運命的なものにまで持続させ、深めるとは限らず、そこに彼の資質と求心力がはたらいたのには違ひないけれども。

戦争が終つた翌年、旧「こをろ」の眞鍋呉夫が北川晃二と共同で始めた雑誌「午前」でも、島尾氏は「はまべのうた」をはじめ幾つかの小説を発表した。私は戦後すぐ東京に出、島尾氏と会ふ機会はしばらくなかつたが、昭和二十三、四年頃、彼が時たま眞鍋氏、或は書肆ユリイカの伊達得夫と連れだつて、当時私が住込んでゐた女学校の一室に訪ねてきたこともあつた。

昭和二十六年に私が都内の定時制高校に転勤した頃、彼は神戸から東京に出てくるため、定時制教師の口はないだらうかと手紙をくれたことがあつた。私自身、定時制に移つたばかりの時で、彼の就職口を世話するほどの才覚はなかつた。やがて彼はどういふつてによつてか、他の定時制高校に非常勤講師の口を見つけ、小岩に住居を定めたのだつた。間もなく「現在の会」が結成され、その後「死の棘」の因となる事件が起つたのだが、もしあの時他の勤め口があつたら、と思ふと、ここにもちよつとした偶然が決定的な運命を象どつてゆくのを見ざるを得ないのだ。——ともあれ私は「現在の会」の政治色についてゆけず早早と三号でやめ、あとは島尾氏と会ふ機会もなく、自然に疎遠となつていつた。「われ深きふちより」から「死の棘」に至る一連の作品を断続的に雑誌で読み、名状し難い戦慄と感動をおぼえたが、彼との日常的交りは途絶えたままだつた。

その後何度か著書は送つてもらつてゐたが、随分間を置いて昭和五十三年九月、「こをろ」

復刻版を出すため版元の言叢社の肝煎りで、湯島天神近くに阿川弘之、眞鍋呉夫をはじめ在京の旧同人が集つたとき、茅ヶ崎から出てきた島尾氏とも久しぶりに会つた。「こをろ」復刻には島尾氏が最も積極的で、当時の同人間の連絡用のガリ版プリント「こをろ通信」までが印刷されたのは、島尾氏がこの綴りを保存魔的丹念さで持つてゐたためであつた。粗悪な藁半紙に刷られたこのガリ版が四十年間も保存されてゐたのは奇蹟といふにちかいが、ここに島尾氏の、すべての経験に対する異様な執着とこだはりを見ないわけにいかない。戦中の特攻艇体験や、彼の女性関係をきつかけとした夫婦間の「家庭の事情」にしても、体験そのものが異常だつたといふ以上に、彼の経験に対する対し方、執し方こそが異常だつたといふ他はない。

私が島尾氏と逢つたのは昭和五十七年秋、柴田南雄作曲の「布瑠部由良由良」の演奏会の折が最後だつた。この柴田氏の曲の中で、夫人のミホさんが奄美の加計呂麻島の昔話を語るのに出演するので、島尾氏も同伴して来たのだつた。その頃夫妻はまだ茅ヶ崎に住んでゐたが、その気候が身体に合はないので冬がつらい、と言つてゐた。同じ演奏会で朗読に出演した吉増剛造氏が、島尾夫妻と一緒の写真を撮つてくれたが、いま私の手元にはない。

その翌年、彼の『忘却の底から』が送られて来たとき、妹の雅江さんの死が昭和二十一年と書かれてゐるのに驚き、これまでの年譜では二十三年となつてゐるが、と疑問を書き送つたところ、日記で確め二十一年だと初めて分つた、と返事が来た。また中桐雅夫が八月に死んだとき、戦前の詩誌「ＬＵＮＡ」で彼と一緒だつたことをわざわざ書いて寄越した。

彼は去年『魚雷艇学生』を一冊にまとめたあと、ほとんどあらたな作品は書かなかつたやうだ。今年夏、『続日の移ろひ』を送つてもらつたのが最後で、いつもの通り丁寧な楷書で、「様」の字も正字で書かれてゐた。

彼の死は全く予期しない突然のことだつた。しかしかうなつて改めて考へるのに、七十歳を越えた島尾敏雄、といふのもちよつと想像し難い、あり得べくもないと思はれるのである。ミホ夫人はじめ遺族の方方には冷酷に聞えるかもしれないが、六十九歳で彼がこの世を去つたのは、いかにも時宜にかなつたと思はれなくもない。

十何年か前に、森澄雄（彼は島尾氏と長崎高商、九州大学を通じての同窓だ）主宰の俳句雑誌「杉」に寄せた島尾氏の文章を、ゆくりなくも私は思ひ出す。手元にそれが見つからず森澄雄に電話したところ、すぐ彼はコピイを送つてくれた。その文章は活潑化した桜島の無気味な噴煙の記述から始つてゐて、あたかも三原山の噴火の激化が報じられる時期にコピイが届いたので、いよいよあやしい気分になつたが、昭和四十九年十月号掲載の「二十九年目の死」といふ三頁の小品である。

戦争末期、特攻隊長の島尾氏が乗る艇の操縦を受持つ筈の下士官だつたS氏の突然の死を知らされ、海潟（かいがた）のその家を訪ねることを、島尾敏雄は書いてゐる。頑健だつたS氏がどうしたものか長患ひの床につき、やがて身体の方は快方に向つてゐたのに、気鬱に陥つてゐた。一夜彼は家を抜け出し、小舟を操つて沖に向つたまま、つひにこの世に戻らなかつた、といふ。

「何が彼を死に追いつめたのだろう。そしてなぜ小舟に乗って夜の海に出て行ったのか。そのとき彼は、しぶきをあげて敵艦に突込んで行く震洋艇上の失った若い自分の姿をでも思い描いていたのだろうか。」と、この短文の最後は結ばれてゐるが、島尾氏の死を思つてゐるうち、おのづからここに書かれた文章がそのまま島尾氏の姿とかさなつて迫るのをおぼえたのである。

（一九八七年）

『矢山哲治全集』に寄せて

矢山さんが死んだのは昭和十八年一月二十九日である。あれから四十五年経つて、『矢山哲治全集』がいよいよ出ることになつた。これが実現するまでには随分の時日を要したわけだが、おそらくこの全集の完成を誰よりも待ち望んでゐたと思はれる島尾敏雄は、その数箇月前に「首を長くして待つてゐます」と言つて寄こしながら、去年十一月に急逝した。「こをろ」の主要メンバアの一人だつた川上一雄や、矢山氏の小学校以来の友人加野錦平も、同じく去年他界した。そのほか「こをろ」関係者や、矢山書簡にその名の出てくる人で、近年にはかに鬼籍に入つた人も少くなく、あれこれ思ひ併せ感慨をおぼえずにをれない。

矢山哲治は、昭和十四年から十九年にかけて雑誌「こをろ」を十四冊出した文学グループの中心的存在だつた。二十四歳の夭折ながら、二十二歳までに三冊の詩集を出し、他に三十篇近い詩篇や、小説・評論・エッセイなど少からぬ数量の文章を書いてゐる。今日の目から見れば、苛酷な時代の制約のもとでの未成熟と未完性があるいは強く印象されるかもしれないが、あの時点では、やはり他に類を見ぬ早熟で多彩な才能に違ひなかつた。私にとつても、高校入学一年目の「校友会誌」で初めて矢山氏の作品に触れた百行の詩「柩」や、「こをろ」2号に載つた十五篇の組詩「お話の本」など、忘れがたいものがある。しかし今この全集のもつ意味は、個個の作品のよしあしよりむしろ、昭和十年代を積極的に真摯に生きようとした一青年の人間記録（ヒユウマン・ドキユメント）といふ所にある、と言はねばなるまい。

　実は矢山哲治の全詩集を出す企ては、島尾敏雄の斡旋で十年余も前から在る出版社で準備されてゐた。しかしおそらくその後の出版事情から刊行が引延ばされる間に、眞鍋呉夫氏の努力で矢山の友人あて書簡類が蒐められ、矢山について強い関心をもつ若い詩人近藤洋太君がその整理を助けた。さらに近藤君は現地調査などもかさね綿密な年譜を作り、同人雑誌「SCOPE」に矢山に関する力のこもつた評伝を連載した。偶〻同じ雑誌の仲間だつた未来社勤務の野沢啓君と語らひ、同じ出すなら全詩集よりは、書簡類も含め矢山の書き残したものすべてを集めて可能なかぎり完全な全集を、といふことになつたのである。戦中、少数の仲間のあひだでは優れた才能を認められたとはいへ、世間的には殆ど無名のまま終つた一青年の全集が、死後半世紀近くも経てこのやうな形で刊行されるに至つたのは、稀有なことと言つていいだらう。

さてこの「附録」にまづ誰よりも先に書くにふさはしい人に、矢山氏の親友だつた小山俊一氏がある。しかしいま彼は世間に背を向け東京を遠く離れた地に隠遁してをり、依頼しても到底その稿を求めることはできさうもない。

私が昭和十三年四月に旧制福岡高校に入学したとき、矢山氏と小山氏は共に四年目の、高校生活最後の三年生だつた。今ふうに数へて当時十六歳の私には、三、四歳年上の両氏は近寄り難いこはい先輩であり、いまも両氏を呼び捨てにしにくいのを覚える。さん付け或は氏を付けないと落着かない感じを否めない。――尤も矢山氏や小山氏に対して私が一目置かざるをえない気持をもちつづけた理由は、単に年齢差とか先輩後輩とかの関係ばかりではおそらくない。その現実認識がいかに偏頗なものだつたとはいへ、「こをろ」の中心部分だつた彼らは、ときの〈現実〉に真摯に正対し、時代の要請に応へようと、「ねばならぬ」を必死に求め、かつ信じようとしてゐた。それにひきかへ、私はさういふ「ねばならぬ」が腹の底では信じられず、きはめて消極的にしか時代に対応しようとしなかつた、いはば〈現実〉回避的だつたといふところに、その理由があつただらう。〈現実〉に直面できぬ病気に自分は罹つてゐると感じ、年長者に対し引目と後ろめたさをおぼえながら、心理的距離感をもたざるをえなかつた。その頃私が書いた「ららん」といふ小説もどきは、当時の「こをろ」編集担当者から反時局的だとして斥けられたのだつた。

ともあれ、小山俊一著『EX－POST通信』『プソイド通信』の中には、数次に亘り痛切に矢山氏に言及した箇所がある（近藤洋太編「参考文献」参照）。ここにはそれら単行本に収められてゐない、おそらく一般の目には触れることの困難だと思はれる、一九八三年二月二十日発行の「Da通信」から、二月三日付の全文を、小山氏に無断で書き写さう。

一月二十九日、Yの四十年目の命日。夕方、近くの神社に行つて（いつもの散歩コースだ）、高い石段のてっぺんから夕焼空をしばらく眺めた。（この冬は厳しい寒い冬になれと思っていたのだが、思わぬ暖冬になった。その日も暖かで、みごとな大夕焼に金星が光っていた。）今さらYについて感慨にふけることもない。彼のことは考えつくした、という気持だったが、それでも高い石崖の上でしばらくの時間、Yが頭の中を通るにまかせた。──わずか二十四歳で、むざんな死に方だつた。あわれみと羨望（に似たもの）が頭をかすめる。あわれみ？　しかしあの時は悲しみさえ殆ど感じなかった。運命的な感じにただ打ちのめされた。福岡のSから「タレカキテクレタマラヌ」という電報がきて、Y（ペントー屋の）といっしょに東京から葬式にかけつけたが、汽車の中でYのはなしはいっさいしないことにきめて、暗い寒い車中で眠れぬままときどきなにかほかのはなしをした。……羨望（に似たもの）？　しかしあんなふうに死ぬことはもうおれにはできない。自殺か事故かの区別がまったく無意味な、あれほど裸な正確な世界（による〈殺され〉）死があろうか。目撃者によると、彼は電車の前に「ダイヴするように」倒れこんだそうだ。彼を押したのは世界そのものだ。ほんの軽いひと突きで充分だったろう。あの最後の冬、彼は徹底地獄のなかにいた、といえるか。否だ。（徹底地獄ではあんなヤワな死に方はできない、いわば許されない。）徹底地獄には、徹底した外的条件と内的条件がいる。外的条件の方は申し分なかった、あのとき（一九四三年）世界の手は彼をつかんで爪を食いこませていた。それに拮抗するだけの内的条件が彼にはなかった。ある種の観念的な〈信〉はしばしば徹底地獄をつくりだす内的条件となることができる。彼は衰弱して、そんなものをなにももっていなかった。おれにくれた最後のハガキに「おれたちはみな陛下の赤子だ」などとかいたが、そんなものはだめだ。彼は空気の足りない酸欠地獄みたいなところにいたのだ。もちろん彼も（ニーチェのいう）「隠された者」だった。おれの知らないことがいろいろあったにちがいない。しかしどんなものが「隠され」ていようと、むざんなほど明白な彼の〈殺され〉の構造は変りようがない……。

――夕焼の色があせて、金星がいよいよ光った。顔なじみのジョギングの青年が石段をかけ登ってきた。私はのろのろとおりていった。（二月三日）

ここには、矢山氏への痛切な思ひを秘めた、つきつめた徹底した見方がある。天から見下せば、小山氏の言ふ通りに違ひあるまい。

しかし一方、矢山氏と同じ時代に息づきながら、現に多くの青年が「殺され」ずに生きのび、矢山氏のみが追ひつめられて「殺され」ざるをえなかつたといふのは、それだけ矢山氏が真摯にあの時代を生きたといふことだらうか。彼の死は、あの時代の青春を象徴するやうな、「運命的」なものを示してゐる。さういふ「運命的」「象徴的」な死を死ぬためにも、資質と能力と——さらに当人の意思を要するのではなかつたか。

矢山氏の死にはなほ私にとつて不分明なところ、納得しがたいところがある。そのためにも私はこの全集を読みたいと思つてゐる。

彼は、死の約一年前の昭和十七年一月十五日付眞鍋呉夫あて封書で、「けふ「野砲兵」に決つた。入営はどうやら二月一日らしい。」と報告し、「レキシントンの撃沈は、うれしかつた。」などとも記してゐるが、一方その便箋の裏面には、「薄明」との見出しで、

現在の自分自身の——ひいては世代の——不安＝危機と対決する。自分の危機をよく知り究明し、それから脱出するために。単に文学的に不安の雰囲気を描くのではない。現在の不安がどこから来たかを究明するのだ。だから感傷は絶対に避けねばならぬ。

と書きとめてゐる、依然としてここでも「ねばならぬ」と言ふが、必ずしも矢山氏はあの時代に一途に肯定的に同調しようとしたわけではないと知られる。しかしここに記された「不安＝

危機」、彼に意識された「不安＝危機」がどんなものかは、けつして明らかにされてゐない。
彼は予定通り二月一日久留米西部五一部隊に入隊、四箇月後の訓練中に両肺尖炎、両肺間浸潤と診断され、六月初めに久留米陸軍病院に入院、さらに四箇月後の十月に病気除隊となつた。死の丁度十日前、昭和十八年一月十九日付鳥井平一あて封緘はがきでは、「こをろ（雑誌の意）から離れました、また、こゝで文筆を折ることにしました、これは、文学を断念したわけではなく、愈〻に文学を生涯の伴侶とする決心からであります。」と書いたあと、自分の過去を総括し清算しようとするやうな、読み様によつては遺書めいても見える文面がつづく。

あまりにながく家族と共に、福岡に居りすぎました、もう過ぎ去つたことですし、自らの不明をいふほかないのですが、家族といふものについて、自分について、考へかた甘く（むしろ、衝突をおそれてそれを避けてゐたこと）身ぶりによつて、言葉（文学）によつて解決できるつもりでゐたらしいこと、云はゞ、critical points のなかだけで（閉ぢられた観念）で、解決を日ましに延期してゐたこと、退院後、いや応なしに、内外からつきつけられたやうであります。要するに内部の闘ひでありましたけれど、耐へきれぬ、支へきれぬものが痴愚になつて、ひとびとを騒がし、驚かし、また、傷つけたこともあつたこと、いつものことながらすまぬことでありました。こんど家族を離れるのは別家（ひとり立ち）するわけであります。これまで、たくさんに書物をよみ、たくさんに書きとばし、しやべりちらしました、また、たくさんに知人や友人が出来ました、また、自分でおかしなくらゐすきな人もできました、けれど、また、哲学とか生物学、気象学とあれこれまどひましたけれど、どれにも耐へきれず、どれも自分をつなぎきれず、私は、もとめ、いつか、それを通りぬけ、また、意識として逃げました、逃げようとして来ました、そのやうに自分をせめたて、自分をぢらし、自分をおびやかし、あせり、かけぬけさせるものゝ正体、どうしても摑めませんでした、そのやうな荒ぶる魂を慰め、救ふもの、なに一つありませんでした、——それが、少年期から廿五歳の昨日まで、つゞいて来ました、いまは、憩ふ魂であるかとおもひます。

この文末の「憩ふ魂」とはどういふことか、その内実もまたはつきりしない。彼はどういふ「憩」を得たのか。これにつづく一節では「私における rustic な存在」といふ言葉も出てきて「いまは、ぱつと前方が明るくなりました」と書くが、そこから感受されるのは極めて不安定な精神状態以上のものではない。死の直前の矢山氏の書き残したものを読んでも、謎は解けず、彼の死は依然として不分明なままである。

しかしこれを凝視するうち、いつか矢山氏の方が逆にじつとこちらを見返してゐると感じられてくるのである。さきの小山氏に対して矢山氏は、歴史的社会的存在規定としてはおまへの言ふ通りだ、ちつとも間違つてゐない、しかしその中でも人間には○○と自由とがあるぞ、と言ひさうな気がする。（○○はよく聴きとれないが。）何故死んだか、については矢山氏は明確には応へてくれず、かへってきみらはどう生きるのか、と読む者に問ひかけてくるかのやうである。おそらくそれが、この全集を読むことの意味なのかもしれない。

（一九八七年）

私の知る小島直記氏

小島直記氏を初めて知つたのは、私が昭和十三年四月に旧制福岡高等学校に入学したときで、もう半世紀も昔のことになる。『君子の交わり 紳士の嗜み』の一章に小島氏自身も書いてくれてゐるが、私は独逸語専攻の文科乙類、小島氏は仏蘭西語専攻の文科丙類の隣同士のクラスだつた。当時から彼は何となく大人の風格があり、しかも詩に小説に、あるいは評論に、たいへん文才があると知られてゐて、クラス内でも一目置かれ、昔から「小島さん」とさん付けで呼ばれてゐた。広汎な読書家で、フランス文学や日本の現代小説ばかりでなく、あの頃禁圧されてゐたマルキシズム関係の経済学の本なども読んでゐたやうだ。その一方、後年の小島文学の読者にはあるいは意外に思はれるかもしれないが、彼はするどく感覚的な、極めてモダンな詩を書き、「蠟人形」といふ詩の雑誌に、屢〻推薦のかたちで掲載されてゐた。（彼十七歳当時の

「五月」といふ作品は、作者自身によつて「遠い母」の中に引用されてゐるが、なぜか第二連の後半、「若葉のみどりは漣(さざなみ)を立て／潮のやうに野を満たす」の二行が脱落してゐる。惜しいのでここに付記して置く。）

入学当初は私などいささか気圧される思ひで、小島氏と直接話すことも稀だつたが、二年になつて文芸部委員として一緒に仕事することになつた。文甲（英語専攻）代表の委員に千々和久彌（元西日本新聞文化部長）が居て、彼に言はせると小島氏は「母ひとり子ひとりの良家のお坊つちやん」とのことで、さう言はれてみるといかにもそれらしい自負心と鷹揚さ、それでゐて傷つき易さうな神経の繊細さも窺はれた。当時の最上級生だつた矢山哲治に自分の作品を「甘い」と評され、反撥して食つてかかるやうな負けん気の強さもあつた。そしてそれは正義感とも結びついて、弁論大会などで権力や権威に抗する、一本気なところを見せもした。それは世間知らずのお坊つちやん風にも受けとられかねなかつたが、この度の『伝記文学全集』第一巻に収められた「遠い母」を読んで、あの頃の小島氏の家庭の事情の隠された一面、理不尽な近親者のために嘗めさせられた並並ならぬ苦労のほどを初めて知り、目から鱗の落ちる思ひをしたことだつた。

ともあれ彼は早熟な文学少年だつたが、学業の方もなかなかの秀才で、高校卒業の時には成績優秀のかどで、フランス大使館からラルウスの辞書を褒美に貰つた筈である。その後小島氏と私は同じ東京の大学に進学したものの、彼は経済学部、私は文学部と分れ分れとなり、更に卒業と同時に、戦時中のこととて別別に海軍に入隊したまま、付合はとぎれてしまつた。

　戦後十年ほどを経た昭和三十年頃だつたらうか、同じ福校の同級生で、書肆ユリイカを創立した伊達得夫のところで、偶然再会した。その頃小島氏は伊達の家の近所に住み、ブリヂストンに勤めながら小説を書いてゐたが、私が定時制（夜間）高校の教師をしてゐるのを知つて、大いに同情してくれたものだ。彼はやがて筆一本で立つことを決意して会社を辞めたが、私はその後も結局二十二年間定時制高校に勤めつづけることになる。

　さらに四半世紀以上の空白ののち、またも偶然、草津で行はれた日本棋院の囲碁セミナアで出会ふのが、昭和五十五年八月である。これも小島氏が『君子の交わり 紳士の嗜み』に書いてくれてゐるが、正規の試合の終つた大広間で、ゆくりなくも顔を合せ、早速立て続けに十数局打つた。小島氏は前記の文章で「勝敗の数は記憶しないが、五分五分ではなかつたか」と記してゐるが、これは武士の情け、実は七三、あるいはそれ以上の差で私の方が打込まれたのだ。しかし勝敗の結果はともあれ、二十数年ぶりに出会つてすぐ対局できた奇縁に、私は感動したのだつた。そして小島氏のスピイド感のある闊達な打回し、スケイルの大きい模様作戦、細部に拘泥せず大局を見渡す気宇壮大な棋風に、すつかり私は呑まれたかたちで、その構想力とそれの潑剌たる展開ぶりは、彼の小説の作風にそのまま通ずるものと、嘆ずるほかなかつた。

　数年後また対局の機を得たとき、小島氏は背中の癰（よう）に悩まされながら、それにもめげず仕事に精魂を傾けてゐる様子で、いつ死んでも悔まぬ覚悟だけは出来てる、と笑ひながら語つた。

かつて青春期にかいまみられた大人の風格といつた印象が今も一貫して変らぬこと――いや、あれから一回りも二回りも大きくなつた彼の人柄に、目を見張る思ひだつた。そして彼の作品に認められる人間理解の広さ、包容力の大きさ、どんな場合にもその人間のもついい面をしつかり見極めようとする態度が、直接の座談の端端にもつよく感じられて、心打たれたのだつた。

（一九八七年）

この三十年

「現代詩手帖」が発刊されて三十年になると聞き、いまさらながら感慨をおぼえる。書肆ユリイカの伊達得夫が他界したのはそれから数箇月後だから、伊達が居なくなつてもう三十年か、といふ感慨も連鎖反応となつて湧いてくる。

彼の年齢は四十歳で停止したまま、こつちばかり年をとつてしまつたのが、不思議だ。もし彼に会へるとしたら、話したいこともいろいろあるのだが。

すべては頽落しつつある。終末へ向つて、あわただしく急速に、あるいはきはめて緩慢に。

地球も、宇宙も、そしてわが生命も、詩も。

これまで半世紀ちかく、自分が書いてきたものを訝しむ思ひがある。いま自分の書くものを、果して詩と呼べるのだらうか。

詩は方法にほかならず、方法的に索められる〈ことば〉のかたち、にほかならない。所謂意味内容と称されるものは、詩以外の〈ことば〉形式、散文エッセイ随筆で表すこともできるだらう。

自由詩が無制約な自由を求めるなら、散文に徹するに越したことはない。散文と区別することの困難な、曖昧な詩作品もど、き、は、ほんたうは何と呼べばいいのだらう。

三十年前の一九六〇年代は、方法的模索がそのまま詩を書く原動力たり得た時代だつた。むかうに、模索すべきものがある、との実感があつた。

いまや、私個人のみならず、現代詩は方法的模索に行き悩み、めあてを見失ひ、弛緩した停滞状態にあるのではないか。

それとも、停滞した者の目に、すべてが停滞して映るにすぎないのか。

私の方法的模索は七〇年代半ばまで曲りなりにも続いたと思ふが、同時に、音韻リズムを中心とした詩的模索に限界の壁を感知せざるを得なかつたことも確かである。一つの方法は、だうだうめぐりの自家中毒症状を呈するとみえ、実質的には繰返しにすぎぬ危険に曝された。自分の空観にとつての不可避的方法の一局面、語呂合せ的やり方が、少からぬ人たちの技法に取込まれ吸収されてゆくにつれ、通俗化し、もはや自分の書くことへの起動力となり得なくなつた、といふこともある。

私の希求したのは、宙宇にことばによつて幻出される無世界。

しかし私の能力では、ことばがそれを持続しきれなかつたやうである。

やがて私は外部世界、日常的経験世界と接触する叙事性によつて言語構造の蘇生をはからうとして「はかた」を書き、また和語脈の語感に依拠するスタイルとは異る文体をもとめて、漢文よみくだし体による一連の「空我山房日乗」がつくられることになる。これは日録の体裁をとり、長い伝統の中で日本語を豊かにしてきた漢語脈の富を、もう一度取戻さうとした試みといつていい。

詩集『音楽』から程経ぬ一九六六年六月の詩誌「詩と批評」に、「後年の朔太郎が『氷島』を書いた必然性を、予感として、ぼく自身もわかる気がする」と私は書き留めたが、その凡そ十五年後、「空我山房日乗」を書いたわけだ。

これによつて、よしあしはともあれ、それまでの私の作品にかつて見られなかつた領域が拓かれたことは間違ひない。文体形式の変化によつて、以前に表出されなかつたあらたな内容が生み出されることは、一般的にみられるところである。

しかし一方、「空我山房日乗」を享受する読者は精〻一九三〇年代生れ位までの人に限られ、現代の二十代三十代の読者には、少数の例外者のほか、ほとんどそれは受け容れられないと確められた。

それは私個人にとつてのみの読者の問題ではなく、そこにあきらかな、世代による言語的断絶を看取せざるをえない。

私は通時的言語、ことばのもつ伝統的語感を再生する試みをつづけてきたが、そのことによつて、私の作品のことばは、かへつて共時的共感をきはめて限られた範囲の読者にしか期待できなくなつたやうである。

これは奇妙なことであり、詩にとつて文学にとつて悲しむべきことといふほかないが、否みがたい現実である。そこでまた私は、この漢文よみくだし体をこれ以上推し進めることをためらふほかなくなつた。

今度の詩集『幽明過客抄』に収めた「皇帝」は、いはば漢文よみくだし体を文語体から口語体に和らげ、その簡潔さはできるだけ失はぬまま、より平易であるやうにと心掛けた文体の試みだつた。

（一九九〇年）

書肆ユリイカと伊達得夫

伊達得夫は、敗戦三年後の一九四八年に書肆ユリイカを設立、原口統三『二十歳のエチュード』の刊行から出発し、はじめ稲垣足穂、牧野信一らの小説集を出したが、五〇年偶然のきつかけから詩書の出版を主とするやうになつた。そして五四年から五五年にかけて『戦後詩人全集』全五巻を刊行、当時どの出版社も思ひつきもしなかつたやうな大胆な企画で、未知数の若い詩人たちに照明を当てた。（その収録詩人や解説者の人選について、後年異議を挟む評者がゐたとしても、戦後十年足らずの時点でのこととみれば、やむをえまい）さらに五六年十月には詩と評論の雑誌「ユリイカ」を創刊、自らの死によつて六一年二月号で廃刊になるまで、全五十三冊を世に送つた。

これについて、書肆ユリイカ創立当初から伊達に親しかつた中村稔は、九〇年刊の『朝日人物事典』に書いてゐる。「――その死に至るまでの十年たらずの短い期間に戦後詩史に決定的な役割を果たした。その業績は『荒地』『列島』につづく世代の詩人たちを発見し、送りだし、活動の場を提供し、その結果として太平洋戦争前の近代詩とはくっきりと違った戦後詩の世界を確立したことにあった。そのため『戦後詩人全集』にそれまで一冊の詩集も刊行していなかった大岡信を収めたことにみられるような冒険をおそれなかった。しかも冒険は見識に裏付けられていた」

この『戦後詩人全集』の発行部数が僅か五百部だつたといま聞けば、驚かない人はゐないだらう。商業詩誌として出された「ユリイカ」でさへ、平均部数は千部前後でしかなかつた。彼は大出版社では到底考へもせず、出せもしないやうな本を、損得抜きで刊行した。戦後になつて詩を書きはじめた若い詩人や評論家たちとの出会に恵まれ、荒廃した時代の革新的気運に際会したといふ幸運もあつたに違ひないが、同じ条件下でも彼ほどの役割を果し得た編集者、出版業者は他に居なかつたといふことは確かである。「出版は当然のことながら芸術ではない。商行為だ。——しかもなお、出版業者は詩集を作る場合作者に惚れることから始める」と彼は戯文「売れない本の作り方」の中で書いてゐるが、詩人たちへの惚れこみやうが深かつたといふことか。

伊達は「ユリイカ」の執筆者に、はじめ僅かばかりの稿料を払ふこともあつたが、そのうちそれも出来なくなつた。それでも多くの詩人が無償ですすんで協力を惜しまなかつた。

中村稔はさきに引いた文につづけて、「その寡黙で温かな人柄は多くの若い詩人たちの信望をあつめた」と書くが、彼の死後、大岡信はじめ少からぬ詩人が伊達のことを「なつかしい人格」として回想してゐる。

いや逸早く伊達の告別式の場で、清岡卓行は「鰐」グループ（清岡のほか吉岡実、飯島耕一、大岡信、岩田宏）を代表して弔辞を読み、こんな風に死者に呼びかけた。

伊達さん。／あなたは不思議な人だった。あなたは自ら詩を書くわけではないのに、詩を書く若い人たちに兄のような愛情をそそぎ、その作品発表の場を与えてくれた。それは何という奇妙な商売だっただろう。あなたはことさらに雑誌を拡げようとも、仕事を拡大しようともしなかった。そのような野心を、生れながらに嘲笑する、あなたはポエジーの流竄の天使だった。詩は今日、あらゆるものへの挑戦として生きて行かなければならぬ。あなたはその純粋さを守り、それをそのままで生かす腕前をもった感嘆すべきジャーナリストであった。

伊達さん。／あなたの不思議な情熱はどこにあったのだろう。若い詩人たちはあなたの周囲に、惹きつけられるように集った。（中略）

清岡は次いで著者対出版元、執筆者対編集者といふ関係ではなく、友人同士として語りつづけてゐる。

友よ。／あなたがいなくなって、ぼくたちはこの世界に、何かが欠けたことを、痛切に意識する。ぼくたちは、あなたのような人に再びめぐり合うことはないだろう。ぼくたちの思い出のなかに、あなたはいつまでも生きつづけるだろう。そしてぼくたちは、これから現れる若い詩人たちに、あなたのような人がいたということを伝えるだろう。（下略）

弔辞で哀惜の思ひをこめて「友よ」と呼びかけた清岡は、四年後にもエッセイの中で、「今でも、神田神保町の喫茶店〝ラドリオ〟あたりに時たま行って坐っていると、ウエイトレスが『伊達さん、電話です』と呼びに来そうな錯覚に、ふとおそわれる。そんなとき、思わず浮んでくるのは、彼の笑いを含んだ顔なのだ」と書く。

また大岡信は、旅先の巴里のキャフェで独りビイルをのみながら、「ユリイカなんてしゃれた名前をかぶせた出版社なんか、もう二度と日本にゃ現れまいな、などと考えている。皮肉じゃなしに、ユリイカなんてキザな名前をつける勇気のある人間は、もう当分出てこないと思うんだよ。あれはやっぱり、戦後の一時代における伊達得夫というロマンチスト以外には、似つかわしくなかった名前なんだなあ」と、不在の伊達に語りかけながら乾杯したといふ。

「鰐」グルウプの詩人たちとともに、伊達に最も親密だつた中村稔と安東次男も、伊達の死には強いショックを受けた。死の前日に病院に彼を見舞つた帰りのことを中村は回想してゐる。「安東次男と二人で、病室から寒々とした路上に出た時、私は確かにひとつのかけがえのない友情が去ろうとしていることを知った。私には今後詩が書けるだろうか、もう書くことはないのではないか、そういう思いが昂じているのを抑え難かったのである」

事実、中村はしばらく詩作から遠ざかり、安東もまた、伊達の死後古典詩歌の評釈と美術鑑賞に没頭することになる。飯島耕一は、「伊達が死んだとき、安東はこれでもう詩とも縁切りか、と何度も言っていた」と証言してゐる。

一編集者が、これほどまでに切実に詩人たちから惜しまれた例は、あまりないだらう。伊達について、「彼は受身の男で友情に篤くない」と言ふ人がゐたと聞くけれど、さうだらうか。彼は執筆者に対して心にもないお世辞を使つたりおだてたりする社交術は持たなかつたけれど、高校時代からの旧友である私などには、駄洒落をとばしてじつによく喋つた。病床に就くまでいつもクラス会の世話役をやり、まめに連絡係をつとめてゐた。

伊達の死後、友人知己たちの醵金によつて彼の書き残した随筆エッセイを蒐めて遺稿集『ユリイカ抄』が刊行された。死の満一年後の一九六二年一月十六日の日付で、非売品、限定二百部。一口千円の募金だつたが、早速滝口修造が、ついで谷川俊太郎が、それぞれ一万円を送つてくれたのが印象的だつた。今の十万円を超える額に当るだらう。

詩集『ＥＴＵＤＥＳ』（昭和25年５月）
書肆ユリイカから刊行された那珂太郎の第１詩集。教え子らへの販売を念頭に本名の「福田正次郎」名で出版された。

　これがはからずも詩グループ「歴程」が設けた第一回歴程賞を受賞した。授賞理由としては「遺著〝ユリイカ抄〟ならびに詩精神につらぬかれた出版活動に対して」と発表された。この遺稿集は二十数篇の小文を蒐めた百七十五頁の小冊子であるが、書肆設立当初からの経緯や、青春期の回想、さらに彼と交遊のあつた戦後の若い詩人たちの像が、フィクションを交へながら軽妙なタッチで描かれてをり、簡明な叙事の中に、ユウモアとペエソスを漂はせる独得の文章は、彼の凡ならぬ才能を窺はせるに足りる。

しかし授賞を決定づけた真の理由は、むしろ彼生前の「詩精神につらぬかれた出版活動」にあつただらう。

伊達はさらに、詩と小説、詩と劇、詩と古典、などを結びつけようとする文化的視野を、雑誌編集の企画の中で示してゐた。詩と絵画の結びつきのために豪華版の詩画集を出し、あるいは画廊を借りて詩画展をひらいた。詩と音楽の結びつきのために、シャンソン発表会も試みた。詩の朗読会も催した。そして最後の病床にあつても「声の出る詩集」の夢を抱きつづけてゐた。

彼が生前に出版した詩書は、自主制作の詩集のほか、生活維持のために受託した自費出版を含め約二百点に及んでゐる。しかも死後に残されたものは売れ残りの本と、印刷屋・製本屋への未払手形だけで、財産と呼べるものは何ひとつ無かつた。つまり経済行為として世俗的にみれば、彼の十年余の営みはまつたくの徒労といふほかなかつた。にもかかはらず、彼は自分の仕事に「不思議な情熱」をそそいでやまなかつた。「ユリイカ」といふ奇妙な名は「われ発見せり」といふ意味のギリシャ語に由来するものだが、その言葉通り、彼はマス・ジャアナリズムにまだ名を出さない詩人たちを発掘し、世に出すことを、自らのほとんど創造行為としたのである。彼が刊行した詩集のほとんどは、彼自身が装幀し、屢々自らの手作業で切紙絵をつくつて用ゐもした。まだ日本全体が窮乏の中にあつた一九五〇年代、安い原価で苦労しながら一冊一冊を作つた。今日の目からみて、彼の作つた装本の不備や欠陥を指摘するのは必ずしも当を得ない。金銭的余裕があればもつと意を満たすものが作れただらうに、彼は乏しい資金をやりくりしながら作つたのだ。

「伊達にはコオヒイ一杯おごって貰ったことがない」と、冗談まじりに言ふ詩人もゐたが、儲らぬ出版業を続けなければならない以上、仕方のないことだつたらう。伊達得夫の名をもぢつて〈だつて得よ〉と揶揄した詩人もゐたが、決して伊達は得をしたわけではない。そして四十歳で世を去つたのである。

伊達の十三回忌に第二次「ユリイカ」（清水康雄・青土社刊）に発表した「はかた」Ⅲ章で、私は、

……
〈だつて得よ〉と軽口たたかれた伊達得夫よ
得だと見られた損な役をおまへは演じて　贅肉ひとつつけぬまま
だれよりさきに死んぢまつてさ……でも
とりかへのきかぬ時代のかけがへのない青春を生き
（強ひられた時代の虐げられた青春とそれをだれが呼ぶ？）

おまへの人生に過不足はなかつた　と
どうやらやつと思へてきたおれはといへば
……
と、伊達への鎮魂の思ひをこめて唱つたのだつた。

（一九九九年）

眞鍋呉夫

遠い昔のことになるが、太平洋戦争前の昭和十四年十月福岡で発刊され、戦中十九年四月に終刊となつた「こをろ」といふ同人誌があつた。そのメンバアだつた阿川弘之や島尾敏雄の年譜でその誌名を見るほか、今ではもうこれを知る人は殆どゐないかもしれない。

矢山哲治（「こをろ」終刊一年前の十八年一月、事故死か自殺かわからぬまま電車に轢かれて死んだ）が雑誌の中心的存在だつたのだが、彼の片腕として、編集実務を引受けてゐたのは、当時十九歳の眞鍋呉夫である。

十七歳の高校生だつた私は、三号から小島直記らといつしよに「こをろ」に参加したが、大部分の同人が四、五歳年長の九大の学生で、彼らは近づきにくいおとなに見え、二歳年上の眞鍋にいちばん身近な親しさをおぼえてゐた。（眞鍋と同い年の阿川氏は広島高校生で、当時会ふ機会もなかつた）。

その頃から眞鍋は早熟豊潤な才能を発揮してゐて、幻想にみちた感覚鋭い小説を書き、第一句集『花火』を出し、また日本の古典から東西の近＝現代文学に至るまで、じつによく読み且つ記憶してゐて、彼の話に私はいつも強い刺戟と示唆を受けたものだが、それは半世紀以上を経た今日もなほ、同様である。

といふわけで、彼との交遊は六十年に垂（なんな）んとするけれど、十年余り前から、一きはその交りが濃密になつたのは、眞鍋が佐々木基一、野田真吉両氏と始めた連句の座に私を誘つてくれたためである。佐々木さんの家と拙宅とが徒歩七、八分の距離だつたこともあるが、引込み思案の私になにがしかの刺戟を与へようとの、彼の心遣ひからだつたに違ひない。

三年前に他界した佐々木基一は、眞鍋より六歳年長にも拘らず、眞鍋を宗匠として立て、極めて謙虚にその意見を尊重した。その態度に私は敬服したが、眞鍋について「その鋭い詠唱と、捌きのきめの細かさと、近代的な感覚をもって、わたしの精神をこの上なく刺戟し、挑発してやまない。閑つぶしの遊びとしてではなく、魂の表現として連句を作る心構えを植えつけてくれた」といふ評言にも、私は感銘した。

確かに眞鍋にとつて連句とは、交遊の座興などではなく、精魂を傾けての殆ど真剣勝負の場、との気味合がある。彼の捌きに信服したのは佐々木さんばかりではない。別の一座建立の際の三好豊一郎然り、最近は寺田博、笠原淳、司修の諸氏もまた然りである。それぞれ異る個性と志向の人たちが、斉しく賛嘆信頼することをもつて、眞鍋の捌きの手際と、器量の並並ならぬことが証されてゐるだらう。

彼は超寡作作家と自らも言ひ、世間からも見做されてゐるやうだが、文壇ジャアナリズムの表面に現れない所での営みにおいて、マス社会のなかでは反時代的といふほかない、決然たる文人の生き方と詩魂を、示してゐる。

「こをろ」時代の旧友川上一雄や中村健次などの著作をはじめ、知己に請はれるままに心をこめた多くの序跋を寄せ、また先年の句集『雪女』の句句は、優に短篇小説一篇一篇に匹敵するだけの内実をもつ、百四十八の珠玉の作品集だつた。

（一九九六年）

眞鍋呉夫の生前葬

駿河国沼津に大中寺といふ臨済の古刹がある。今は故人となつた三好豊一郎の手引きで、十数年前眞鍋呉夫、加島祥造らと共に訪れ、以来住職の下山光悦師を交へて俳諧連句を巻くことが慣はしとなつた。鎌倉時代夢窓国師の開基といふ清閑な寺のたたずまひに惹かれることも無論だが、それ以上に人を引き寄せるのは住職の人柄である。光悦師は歌集『白露集』の著もあり、詩文に並並ならぬ関心をもち、親身に私どもを遇してくれる。

このたび当寺梅園百周年の記念に、江戸中期の石橋を手水鉢（てうづばち）になぞらへ、これに眞鍋呉夫（俳号天魚）の句「花びらと水のあはひの光かな」、その背面に「心如虚空」の文字を刻んだものが中庭に据ゑられることとなり、その披露の集ひが催された。

はじめ喜寿の祝を兼ねて披露宴を、といふのを眞鍋は固辞してゐたが、そのうちこれを機に生前葬を営み、有縁の人人と半日の歓を尽したいといふ気になつたやうである。先年、句集『雪女』で藤村記念歴程賞と読売文学賞とを二重受賞した眞鍋は、俳句のみならず、連句においても当代無比の捌手（さばきて）として知られ、自らは宗匠と呼ばれることを忌避してゐるが、もとめられて幾つかの座を主宰し、この日は百名を超える人が集まつた。

眞鍋と私は同じ博多生まれ、半世紀以上も昔の、戦前から戦中にかけて福岡で刊行された同人誌「こをろ」で一緒になつて以来、六十年に垂（なんな）んとする交友をつづけてゐる。一九三九年の「こをろ」発刊時眞鍋は十九歳、私は十七歳だつたが十代の二歳の差は、じつに大きく、いまも彼は私にとつて畏敬すべき先達であり、兄貴分である。彼に導かれてここ十余年俳諧の道に踏み入れたところから、まづ乾杯の音頭を私がとらせて貰つた。

私ども世代は、はたちに達して兵役義務に服した時あたかも大戦さなかで、一旦死を覚悟させられたのである。生き残つた戦後は第二の人生、余生、残生との実感をもつた。戦後五十年を閲してその実感が漸く薄れようとするとき、眞鍋がここに生前葬を営む。彼にとつてこれからは第三の人生、といつていいであらう。私は、「けふよりは三世にすすむ天魚かな」の拙句を献じた。「三世」とは仏語では過去・現在・未来、もしくは前世・現世・後世の謂らしいけれど、ここでは我流に第三の人生の意をこめたのである。

ついで所縁の故檀一雄氏の妻ヨソ子さん、故三好豊一郎氏の妻阿佐子さん、種村季弘氏をはじめ、天魚子と座を共にする画家作家司修、作家笠原淳、エッセイスト寺田博、詩人加島祥造、新藤涼子、近藤洋太らの諸氏が代る代る生前葬手向けの詞を述べた。若いギタリスト吉川二郎氏の演奏や星衛氏の篠笛演奏も興を添へ、凡そ三時間半宴がつづけられた。

碑に刻まれた「花びらと水のあはひの光かな」の一句、花びら、水、光といつた具象ながらほとんど抽象的といつてもいい単純簡明なことばだけで成り、しかも極めて艶美かつ多義的である。「水」を夢窓国師が愛鷹山から引いたこの寺の山清水が象どる空観の謂ととれば、「花びら」はなほ現世的な色相を表はす。その「あはひの光」とは、この世に生きて在る生命そのものの光であらう。作者はけつしてそのやうな理屈つぽい観念句を作つたわけではあるまいが、この艶美幽遠な句は、さういふ読解をも許容する句柄の大きさをもつ。彼は生前葬と称するが、これからも色と空との「あはひの光」を生きて行くだらうし、さうあつてほしい、と私は思ひながら、当世稀有なこの日の風雅な催しを堪能したのだつた。

（一九九七年）

回想的散策

久しぶりに井の頭公園へ出かけた。久我山のわが家から歩いて四十数分で、井の頭の池に行き着く。十年ほど前、時折やつて来た頃には、たしか三十五分位だつたと憶えてるから、この十年の間に五分あまり足が遅くなつたらしい。

三月上旬、寒気まだ去らず、池畔の桜の幹は黝ずみ、枝にまだ芽は堅い。これから二旬もすれば花ひらくだらうが、この数年間にあきらかにここの桜樹も齢をかさね、老耄したとの感がふかい。日頃道ばたの樹木を見ると、これらは私自身の死後もなほ生きつづけるのだな、と思ふけれど、樹木の命もまた永久のものではなく、いづれ老い朽ちるのである。

十年ほど前の花見時、この辺りを歩いてゐて、俳優の藤原釜足氏がベンチに腰かけてアイスクリイムを舐めてゐるのに、偶然出あつたことがあつた。戦前のＰＣＬ当時に会つて以来四十数年ぶりの邂逅で、二言三言言葉を交したが、その年の暮に藤原氏は他界した。

井の頭の池の中ほどにある小動物園に入つてみた。何十年ぶりだらう、老人無料パスになつてからは無論初めてである。前に来たのはいつだつたか、しかと憶えてゐないけれど、昭和三十年前後だつたか、たしか鳥類以外にも、白熊やおつとせいが居た筈だが、今は丹頂鶴や白鳥黒鳥、鴨や鴛鴦などの鳥類ばかりで、他の動物の姿は見えない。白熊やおつとせいは記憶違ひか、ともあやぶまれる。

昔の水族館は、水生物館といふ名で、園内の奥まつた所にあつた。ここへ来ると、半世紀も昔の、太宰治のことを思ひ出さずには済まない。あれは昭和十五年三月のこと、高校二年の春休みに初めて太宰さんを訪ねたのだつた。当時彼は三十歳の新進作家で、まだ世間的にはさほど有名ではなかつた。新婚早早の彼が建売住宅の三鷹村下連雀に越して間もない頃だつた。私は「こをろ」といふ雑誌を始めた二年上級の矢山哲治に教へられ、『晩年』『虚構の彷徨、ダス・ゲマイネ』などを読み、太宰を訪ねたのだが、この新進作家は自分の部屋では畳の目に視線を落すばかりで、十代の高校生を正視もできぬ気弱さうな人だつた。散歩に誘はれ、新開地の下連雀からどこをどう歩いたか、玉川上水沿ひに井の頭公園まで、着流し下駄ばきの主（あるじ）が競歩のやうな速度で歩くのを、追つかけるのが精一杯だつたのを、おぼえてゐる。太宰さんは切符を買つてくれて一緒に水族館に入つたものの、ガラスの槽の魚の群には一顧も与へず、ここでも競歩さながらせかせかと館の中を通り抜けたのだつた。

池畔の茶店の、池にせり出した桟敷で、太宰自身は燗酒一本、そして私には甘酒をとつてくれ、現文壇のつまらないこと、芥川賞を狙ふなどくだらないといふことを、こちらにそんな気持など全くないのに、しきりに力説し、チェエホフを読むことを勧めた。これは、かつて拙詩

「空我山房日乗」中の「池畔遠望」といふ作品に書き留めたことがある。

昭和十八年、大学が半年繰上げ卒業となり、海軍予備学生として土浦海軍航空隊に入るときまつた時、再度太宰さんを訪ねた。もう二度と戻れるかどうかわからない、別れの挨拶に、といふ悲壮感めいた気持もなかつたわけではない。

こんども太宰は、吉祥寺の駅近くのガアド下の屋台まで私を連れて行き、屋台のあるじに、この人は明日戦地へ行くのだ、と紹介し、大皿におでんを一杯盛つたのを私に勧め、自分は手酌でしきりにお猪口を呷（あふ）つた。戦時中のこととて客は稀だつたが、来る客ごとに、この人は明日戦地へ行くのだと、紹介をくりかへした。数日後に入隊するとはいへ、直ぐ戦地へ行くわけではないので、私は恥しく辟易するほかなかつたけれど、太宰さんの昂ぶつた気持が推しはかられ、そのことに感動した。

――半世紀以上を経て往時を回想すると、まるで前世のことのやうに懐しく、太宰さんのことが偲ばれるのだ。

（一九九四年）

没になつた原稿

先年或る公的な賞を受けた折に、「文部時報」といふ月刊誌から原稿を依頼された。「自由に堅苦しくない文章で」との注文なので、最初、私が文学に惹かれはじめた経緯から書き出したが、いや、文部省編集の雑誌であるからには、日頃心に蟠（わだかま）つてゐる国語表記の問題に触れなければ、と思ひ、「文学・ことば・表記」と題して次の文章を書き送つた。

*

少年の頃から本を読むことが好きだつた。昭和初期に「小学生全集」といふのが出たが、小学四、五年生の私はその何冊かを従兄から譲つてもらひ、とりわけその中の一冊『日本童謡集』を愛読した。

昭和九年、中学生になると、丁度刊行されはじめた『芥川龍之介全集』を、毎月知人の家から借り出しては、耽読した。ほかに文庫本で独歩、漱石、鷗外、鏡花、志賀直哉、倉田百三などを読み、また藤村、白秋、佐藤春夫、萩原朔太郎などの詩集を読んだ。そこには日常の現実では未だ経験することのなかつた様様な人間の生活や感情や心理やが描かれてゐた。

小説を読み詩を読むことは、少年にとつて生きることの意味を問ひ、求めるのと、一つのことと感じられた。そんな文学を読むことを抜きにしては、生きることの意味も、世界存在の意味も、捉へられさうになかつた。後年、周りの大人は法科か経済かに進学することを私に期待したのに、凡そ実利とは無縁に等しい文科に敢て進んだのも、そんな理由のためだつたらう。

同時にまた、小説や詩を成り立たせる「ことば」の美に強く惹かれた。それは日常見聞きする実用の言葉とは異る、独自の別乾坤と感じられた。それは、少年の思考、感覚、情念を、限りなく育み、練り鍛へるものだつたと思ふ。

ところで今、若い人達の活字離れ、文学離れが言はれるやうになつて已に久しい。活字――文字言語より、映像的なものや音楽などがはるかに直接的魅力をもつとして、若者を惹きつけるらしい。文字言語とは文化の根幹をなし、伝統を受け渡しする大本である筈なのに、いまはそれが軽んじられてゐる。

それは無論、現代文明におけるメディアの変化、ラヂオやＴＶやヴィデオ、更にはコンピュウタアなどの発達にもとづくのは当然であるにしても、そればかりではない。その根柢をさぐれば、おそらく戦後のこの国の国語施策に起因する所少くないのではあるまいか。国語表記に関する仮名遣の便宜主義的改悪や、当用――常用漢字による文字制限が、教育の場を冒した。教科書から文庫本に至るまで、曾て私どもの親しんだ文学作品もすべて新表記にそつて改竄された。漢字の制限は、思考の制約、感性の制約に他ならない。漢字を別の分り易い文字乃至語彙に置き換へるのが、言語感覚——ひいては思考感性の鈍磨をそそつた。当字を助長し、語意識の曖昧化を招いた。そして若者は古文を読めなくなり、「ことば」を軽視するやうになつたとはいへまいか。

*

限られた枚数のためいささか性急で、意を尽さぬものではあつたが、戦後の国語施策が、今日の文字言語乃至文学衰退の遠因をなすのではないか、との私見を記したものである。しかし、拙文は雑誌掲載には適切でないので、後半部分を別の話題に書き換へて貰へまいか、と編集担当者から何度か連絡があつた。上からの要望であるらしい。当方としては、むしろ文部省から出される雑誌だからこそ、最も適切な話題と信じて書いたのだから、先方の希望に沿ふわけにはいかない。実効は望めなくとも、安閑として自らの施策を省みるところのない役人を刺戟することは可能かと期待したのだけれど、無駄であつた。私は原稿を引き取るほかなかつた。

それを、そのままここに提出する。現代仮名遣を甘じて受容する今日多くの作家諸子にも、やはり拙文はあまりに依怙地と見え、顰蹙を買ふことになるだらうか。

（一九九六年）

Ⅳ　習作

旧制福岡高等学校の学友らと（昭和13年撮影）。
座っている一番左が那珂太郎。後列、立っている左から二番めが伊達得夫。

失題

むかしむかし三太郎といふ人間があつた。

なんて書き出すのである。そしてこの三太郎君が恋をしたり芋を食つたり、はては演説から人殺しまでやらかすのである。彼のする溜息ひとつが百もの言葉でくりのべられる。心理がどうの性格がかうのと、三太郎氏の一動作をだしに使つてくど〳〵と、作者は蚯蚓(みゝず)の糞のやうにいかめしい文学をならべたてる。そしてやれ創作だなんのと、まるで神様を茶化したやうなものだ。いやだいやだ。こんな廻りくどい小説なるものまつ平ごめんだ。読むさへくたびれた。況や書かうなんて、考へるだけでもへたばつてちまふ(ママ)。すじもくじもない。ひとつとびきりでたらめでまかせなおしやべりをしてみたい。――とはいへみんなよ、懦弱(だじやく)とてぼくをとがめてくれるな。俺はつねに真実を云はうと努めてきた。しかもつねに言葉といふ奴に裏切られたのだ。血を吐くほどに苦しんだ。一語いふのに一時間思索した。なのに俺は裏切られたのだ。いまや焰のごとまつかな嘘つぱちをはきちらす。ああそして、その中にせめてもの真実がありはすまいかと、かすかなのぞみをつなぎながら……。

ところで諸君、こんな風に書き出すといふと、こいつ太宰の真似してやがるな、なあんとおつしやるかもしれない。なる程太宰先生、たいへんけつこう。だがいまのぼくには太宰も家財もあつたもんぢやない。ついでだからいふが、小生いつぞや御当人の太宰氏に御手紙呈上したことがある。その御返事がなつちやゐない。がつかりしてしまつた。つまりかういふ調子である。

拝復。お手紙には切手がはつてなかつたので不足税払ひました。――太宰とは結局こんな男でしかなかつたのだ。切手はらなかつたことをたしかめて、わざ〳〵何も恥かかせずともよささうなものを。それに人の手紙を指してその云草はなんだ。「なんだかこまごま駈引のあるお手紙」だなんて。駈引してゐるのはそちら様でせうよ。人をあんまりなめなさんな。「人間は誰れでも、すれちがつてさうして過ぎて行くものであります。逢ふひと逢ふひとに飛びついて握手し接吻しようとするのは、泥酔者の態度であります」さうな。やれやれ、こんなお説教を事もあらうに太宰氏御自身からきかされやうとは、まことに解し難い世の中ではある。さて最後の一節はじつに振つてる。「……もつと君自身を大事にしなければいけないと思ふ。日本には日本の生活の戒律があるやうです。しらじらしく興ざめのものでありますが、それには従はなければならぬ。君の伸びるべき大才も、こんな態度では前途不安であります。自重をおすすめいたします。私もくるしいが、ふつうの生活態度を自身に強要してゐます。云々。」たうとうふき出してしまつた。漫画だ。理想主義者がきいて呆れらあ。何たる悲愴！　おかげでさつぱりかなしくやるせなくなつちやつた。なにがなんだかわからなくなつちやつた。

しまつたり。こりやちよいとふざけの度が過ぎた。大袈裟な身ぶり。思ひあがつた云ひ廻し。つく〲俺みづからがいやになる。おお謙譲の美徳よ、我を押へてよ。――ちえつ、遂に地金をあらはしたな。このところ、すつかり太宰のいつたそのままの言葉ぢやないか。さぞにがにがしく思はれることでせう。われながらまづかつた。小細工弄してわるかつた。ありていに白状すればこの話、太宰先生の真似言だらけなのでちと気がさして悪たれついたわけである。だがもう太宰にこだはるまい。真似だらうと、なからうと、おかまひなしにつゞけよう。

じつのところ我輩いま酔つてゐる。失礼の段平に御容赦。といつても酒に酔つてるんぢやない。酒はのまない。のめない。盃一杯で目がまはる。だが酒はいらない。酒ならぬもつと強烈なものに酔ひしれてるんだ。ああこのぼくをあはれとぞ思へ。みなさん、こんな泥酔者の泣言一かうに面白くござるまい。? けれども一言おたづねするが、いつたい諸氏は笑ひ方と言ふものを知つてゐるか。わらつた後の表情を、その顔面筋をどう処置するか。愚問はやめよう。とに角ポーズを取らぬといふこと、それ自体が已にひとつのポーズに過ぎない。ポーズはつねにまとひつく。だがこのポーズに徹した人、果して何処にをるであらう?

偉大なる唯一の人がある。ほかならぬ柳家金語楼その人である。私はさつきからこの金語楼氏のことを力説したかつた。今までしやべつたのは、いはば前口上にすぎぬ。ひよんな所に持ち出された太宰さんこそいい迷惑だつたが、つまりあれも話の効果をあげるための一つの術(テクニツク)だつたのだ。要は金語楼先生なのである。実際先生はえらい。ちかごろ悉皆ぼくは帰依してゐる。けだし人間とは表現形式にほかならぬ。而して金語楼先生こそは、表現形式としての人間の最頂点に立つものである。

身をもつて彼はポーズを苦しんだのだ。ダダのイズム化。この宿命をもつともよくしるダダイスト金語楼！　彼の眼に光る涙を誰も気づかぬ。にえくりかへる彼のはらわたを誰も知らない。あ、人々よ、混沌の中に烈しく悶え、輾転のたうつ悲苦憂壮の悲劇をみよや。二十世紀のデカダンの子は、太宰でもなければ他の誰でもない。げにかれ柳家金語楼なのである。

まさしく彼こそ現代思想の権化。歎くが如く、訴ふるが如く、しかもぎりぎりの諦観に徹し神のごと崇高にも、ああ柳家金語楼はほほゑむのである。「森羅万象神社仏閣。欣喜雀躍睡眠不足。」これ哲人金語楼の至高の一句である。私はかくも生々とした言葉を今の世に見出すことはできない。たゞ金語楼氏の前にひれ伏すばかりだ。ダニエル、ダリユウと接吻（キス）するところに、現代文明の最大危機を象徴的にみてとつたかのポオル・ヴアレリイ氏も、金語楼のまへにあつてはその影をひそめて了ふのである。ヴアレちやんの数百行を以てする現代精神の解析も金語楼先生一片の動作にはるか如かない。

——とこれまで書いたらぐうつとつまつた。につちもさつちもゆかないのである。こんな筈ではなかつたが、肝腎かなめの金語楼先生までこぎつけて、あはれなる哉このていたらく。これぢや俺の才能が疑はれても仕方ないぞ。なんとかせねば。よわつたな。……あ、さうさう。

では諸君、つゞけますよ。……え、と、……金語楼ですな。彼は落語界に於ける浪曼派である。小さん・柳橋などが古典派に属するとすれば、まさに金語楼は浪曼派であつて、彼の英雄的面貌は……。ああ駄目だ。さつぱりおもしろくない。まへ書いたことにまでけちがつく。こいつは困つた。どうしよう。いつそのこと金語楼はもうやめにしようか。あつさりとこの辺で、次のお題目にのりうつらうかな。といつたつて、他にこれといふテエマがあるわけぢやなし。さあて何を書いたもんであらう。ところで今日は一月十九日です。ぼくの時計に狂ひなければ、夜の九時五十三分と数秒。やれやれこんな事喋つたつて腹のたしにもなりますまい。こんな場合、金語楼さんなら例のハゲアタマを扇子でポンと一つ叩いて、えつへつへとにたわらひをやつてのけるところだが。彼の方法論にのつとつて、俺もなにか道化芝居を演じてみようか。おや、たうとう十時になつちやつた。

あたかもこの時！　鬱勃として我が胸に湧き来るインスピレイシヨンがある。しかしそのインスピレイシヨンたるや、またすこぶる相憎(あいにく)なしろものだ。良心の苛責つて奴である。こやついつでも、とつ拍子もない不意を襲つて首つ玉をばひつとらへるのだ。何故。何故。何のため。何のため。さういふ声で拙者のお尻をちく〳〵と刺す。おもふに世に自意識ほど恐ろしくもすさまじい手合は無いであらう。卒倒せんばかりである。折角の陶酔境を、滅ッ茶苦茶羅にふんだくつてあげくのはては、身をも心をも悶絶さしてしまふのだ。そもおしやべりとは、算術やなんかぢやあるまいし検算すべきものでない。それをいちいち「何故」「何のため」のと吟味したんでは、それこそ万事休すである。これ程野暮なことはない。自意識様に捉まらぬうち、はやく逃げるに限るのだ。さつと身をひるがへし、脱兎の如く駈け出さう。巷へ巷へ。せまい通りの人むれを、追はれるやうに走りぬける。迷児にならむと人ごみに、必死の勢でまぎれこむ。じつにたいした鬼ごつこである。悪魔の声をば追つ払ひ、すばやくまいて了はねば。四寸五分の高下駄はいて。あまつさへ身にもつかぬマントが脊中にまつはりついてる。いくどもいくどもころぶのである。息は切れ、足は棒のごと痺れる。それでも尚。ぶつつかりぶつつかり我を失ふまでに走り抜くのだ。よそ目からはまるで気狂ひ沙汰であらう。げらげら者共は笑ふにちがひない。嗚呼、何とはかない喜劇なこと！　道化者のお道化ぶり。神のみぞこの憂愁を知るであらう。……

いよいよもつてたまらぬことあれば、デパートめがけてとび込むのである。かたかたかたかたかたかたかたかたかた。一気呵成に二百九十七段、てつぺんまでかけ上る。とたんにひいやり、つめたい風が頬に吹きつけるのだ。夜の世界は底深く沈んでしまつた。漆の中、ぎらぎらあかりが輝いてる。一本の電車通り。灯にたかる甲虫のごと蟻のごと、電車人間ごびごびと蠢いてる。いたつて簡単である。とほくはまつくろい黙々の海。燈台ひとつ見えなかつた。ぼんやりながめてため息をつく。やがて堰切つて滂沱と涙があふれ出るのだつた。……心がしいんとしづまるのだ。ちよいとはづかしいほどのばつのわるさ。あはてふためきマントの襟を立て、はあはあ指先に白い息ふきかけつつ階下へおりる。こんどは堂々エレベーターで、十階から地階まですうつとすべりおりるのである。電車通りへひよいと出て、口もとにゑみをおのづから漂はせ、さておもむろに歩きだすのだつた。

しつてる。少々お飽きになりましたな。けどもうすこしの辛棒ですぞ。書いてる方でくたびれて、間もなく筆を投げ棄てるでせう。なあんてね。これまた例の文章法である。否、否。種を明せばこれからがクライマックスです。シエイクスピアと張り合ふ程の自信がある。論より証拠。次を読まつしやれ。

ひよこひよこと高下駄ならし歩いてくると、諸君も御存知であらうブラジレイロのあの傍。橋のたもとにぽーつと赤い灯小さくともつてる。近づけば一尺四方の古びた台にすゝけて渋紙の行燈が据えてある。何々流の黒い字で「御手相拝見」と水くきの跡もうるはしい。三十四五の女の人だが、息をこらして前に突つ立つとふつと見あげ、読みふけつてた膝の婦人雑誌をぱたんとたゝみ一尺四方の古台の隅にちよいとのせるが、その顔貌がおもしろや泉鏡花の小説に出てきさうなのだ。ほつれ毛乱れて赤つ茶けた。目じりに目やにがたまつてる。

「――手相みてくださいな。」

誰でもないこの我輩が、さういつて左手をはにかみながらさし出したのである。幼い頃から小生、手相をみるのが趣味だつた。暇さへあれば手のひらをひろげて、おれは永生きする美しい恋をすると判じてゐた。大きくきざまれたMの字型にたいへん愛着があつたのである。三十四五の目じりに目やにをためた小母さんは、そつとぼくの手をとり洟をしゆんとすつた。だいたいこの手相なるもの、古今東西を通じてたいへんに重宝がられるものである。かの宇治拾遺物語にも、京に住む某（なにがし）といふ五位の侍が手相のとほりに自分の運命をはこんださびしい話があげてある。或日この侍、三条の大橋を通りかゝると一人の乞食がやつて来た。襤褸をまとひ頬はこけ、異やうに光る両眼で彼をみとめるや、哀れな物腰で恵みを乞うた。面倒だから細かな事はぬきにして、結局のところこの乞食が侍の手相を占つたのである。あなたは五十代に亡くなられる。これを聞いた侍はからからと笑うてまさか！と思つたのである。さて五十の正月がくるや件（くだん）の侍、急にその乞食の手相判断を思ひ出しおぢ気づいて仕方がない。雑煮どころか米一粒も喉に通らず、おれは死ぬおれは死ぬと夜も眠らずにうなされて、遂に正月三日に神経衰弱よりきたる心臓麻痺で死んで了つたといふ。何と空おそろしい話ぢやないか。近くは谷崎潤一郎の小説にも、おなじく手相を材とした「春琴抄」てふすぐれた作品がある。これは余りにも有名だから説明はいたしますまい。尚、西洋に於ても手相がなかなかありがたがられる。世界的詩人ゲヱテもひと頃手相に凝つたさうである。千七百七十二年彼二十四歳の頃、ウエッツラでかのロツテと熱烈な恋愛をしたのであるが、ある夜ロツテの手相を見て、三度貴女は結婚すると判じたために、彼女の怒をかつて恋が一時に破裂したとか言ふ話だ。これはゲヱテ研究家として著しいマツクス・モリスの「ゲエテ伝」の中に記してある。話はそれたが中洲の橋の小母さんは、ぼくの手をとり洟をしゆんとすするや直ちに、歌のごとものかなしい口調でもつてわが命運をまくしたてはじめた。しかし俺はちつとも聴いてなかつた。とほい昔の子守歌のごとやはらかな音楽に耳かたむけつつ、夢うつつに橋ゆく若い女の群に気をとられた。その刹那！　ぞつと耳をつんざく一語があつた。おそくとも二十代にはお死にあそばす。えつ？　おおお！　もうよろし。それだけ聞けばたくさんだ。お幾ら？　五拾銭。はい。しまつた！　ズボンのポケツトから取り出して古びた一尺四方の台にぱちんと置いたのは、ありやりやそれは一銭銅貨であつた。いい加減あはててゐた。両眼がさつとかすんで耳はがーんと鳴るのだつた。両手でぼくは、ポケツトの中にぎざ〳〵の感触をさぐつた。無い。！　正真正銘無いのである。一銭が三つと五銭玉一つが出て来た。

「――小母さん、かんべんして……。」

ぼくは哀願した。泣きだしたい程だ。目やにのたまつた目じりはぱつと見ひらいて、さつきまでぼくの手をにぎつてた片方の指五本、たこ足のごと婦人雑誌の表紙をうつくしい女の顔をひつつかんだ。あはれ小母さん、てんかんひきつけさうな面持である。さあて困つた。絶体絶命。ぱつと飛びのき、中洲の橋を一目散に逃走しようか。それともブラジレイロからあたかも友人一人を出てこさせようか。いやいや登場人物のふえるのはおもしろくない。話の下手な証拠である。といつて一目散に逃げ去つたのでは、あんまり卑怯で男がすたる。ああ神様、如何になすべきでせうや？　進退こゝに窮まつたり。誰か助けてくれい！　えいつ、一思ひに、目じり目やにの小母さんに、手相はじめから見直させようか。いえ〳〵それはなりませぬ。作者があまりに可哀さう。精も魂もつき果てゝ、だいいち書くのがいやになつた。どだいこんなもの書き始めたのがわるかつたんだ。どんづまりにくるといつでもかうだ。へぢやらくぢやら。にがい唾が口ぢうにたまつて、おまけに酔まで醒めてくる。匆々(そうそう)これで切りあげよう。ではみなさんよ、さようなら。何かど忘れしたやうな物足りなさだが。まあい丶や、さようなら。どれ我輩も、床にもぐりこんでのうのうと眠りませうか。

とこ丶まで書いてこの作者、そつぽを向くや否や赤い舌ぺろり。

（未定稿　期限の罪）畢(おわり)。

界

空はあをく、街は白い。

はれた五月の午前(ひるまへ)である。とはいへ、電車の軋みはぢりぢりと汗ばむほどで、舗道の錯る人ごみはなかなか爽やかではない。まぶしい光を除けて奥ふかく、軒並はたとへば、書店、果物店、貴金属店、洋装店、といふ風である。はげしい雑音に耳を撃たれ、かなり疲れてるらしいながら、通行人はみな、いらいらしく足をはこばせ、額をしきりにハンケチでぬぐふほどだ。路樹は痩せ、翠(みどり)の葉さへ埃をかぶつてしろつぽい。

ふと、舗道のひくさできらつと光るもの。人々の、眼を射られる。窓ガラスだ。地下室の、明りとり窓――地かに膝高さのガラスが四五歩ほどつづく。よこに舗道からすぐ、急に狭い階段が底へすひ込まれてゐる。童話のやうに唆らしく……

童話の世界（？）……くらい段を降りれば、そこは喫茶店だ。三つのまるいテエブルのある、こぢんまりした室房。海老茶いろの縞の布が掛つてゐる。貼つてあるのは灰いろの壁紙なのに、周囲の壁から赤煉瓦の室を聯想して感ずるのは、あるひは人がテエブル掛の模様を映像するせゐか。

舗道から、階段を降りはいつてくる途端、聴覚をうしなつたやうな錯覚を人は感じ――がやがて、断たれた街の喧噪にかはつて、とほくよりしだいに耳もとちかくへと、なだらかなワルツの調がひたひたとながれよせてくるのをおぼえるのである。がちやがちやした雑巷のさなか、かくもほのかな静調の場所があることを、奇蹟と人々はあやしむにちがひない。それほどに此所の空気はひくいよどみなのだ。

階段を、足から上半身へと段々に入つてきた男は、廿ぐらゐであらう。妙になりは老いぼれてみえるが、さすがに眼はみづみづしく、水晶のごと象映にかがやいてゐる。ちよつと部屋を見廻して、まん中のテエブルにつく。窓の下のテエブルには、さきに年老いた客が掛けてゐるのだ。白く垂れた髯と、犬のやうに小さいやさしい眼。ややふるびた背広もにつかはしく、ふといパイプを絹布でみがいてゐる。おそらく毎日まいにち、ひねもすこの席にこんな風にしてゐるのかもしれない。姿勢そのまま老人はあたりと調和して、雰囲気にとけこんで了つてゐる。
一方あたらしい男は入つてきた瞬間、いはばガラスの上にきらめく鉱石のごと、結晶体となつて部屋の光を屈射する。やがて空気と男との間に、数秒、火華をちらす放電が交はされるのだ。調和をつくらうとする波紋！……。

旧制福岡高等学校時代の那珂太郎

男は、椅子にかけてほつとひくいため息をつく。強い光線の錯叉にある外界から、ふいに、暗くしづむ別界に降りた眩暈もやうやくをさまり、のがれた——といふやうなやすらひにおちついたのである。

……と、いつのまにか、前に少女がそつと立つてるのに気づく。エプロンの光がつんと香るのだ。まだ十五か六らしく、つややかな髪に紅のリボンがあざやかだ。小百合のやうな顔から、ぱつちり黒曜石の瞳がこちらをみつめてるのに、反射的にはつと男は頬のほてりを感じ、うろたへて視線をテエブルに落す。メニユは——四角にテエブルの海老茶縞をまつ白く截つてゐる。

——コオヒイ一つ。

この冱葉が、すつと全身に冷たい気を吸ひとる。無意識にポケツトを指でさぐりつつ、清澄の靴の、床をとほのいていくのを聴いてゐるのだ。

窓下の老人はかれた声でぜいぜいと咳をし、テエブルの上にてかてかのマドロスパイプが小きざみにふるへる。天井ちかい窓には、みづいろのカアテンをすかし、舗道の雑踏がシルエツトのやうにゆらいでゐる。ここから見える外界はそれつきりで、どんな喧噪の街が、そこにあるのかさへわからない。のみならず音もなく行きかふ人々の、脚——と靴とは、あたかも葬列のごと、かわいたさびしさなのである。

男はふと思ひだしたやうに、心を歛めて腕時計をながめる。（さういへばこの地下室のどこにも柱時計は見あたらない。壁には古めかしい油絵の風景と、外国の女優らしい写真が掲つてゐるだけなのだ。）十時二十四分。なにか男は考へるふうに天井へうつろな眼をただよはせ、十時半か十時半かと口のうちでつぶやいてゐる。

はたとワルツがとだえる。刹那、ふいに夢幻のリズムを断たれ、——と、墜ちた意識に魔法めかしく、テエブルに白い陶器が浮かび出てるのである。濃いコオヒイからたちのぼり、高い香気は、ゆらゆらと妖しい貌を空間に描く。たゆたふ気体のあのかたちを、正体のままとらへることはできないのか……。みいられたやうな男の眼に泪がきらめく。室内にはやがて、ワルツにかはつてラルゴの調がながれはじめる……。

啜るコオヒイはほろにがく、もやもやと脳は陶酔につつまれてくるのだ。おもい瞼をななめに向けると、たまたま視線は、壁の写真にすひつけられてしまふ。おそらくは映画の女優であるらしい、その唇が花びらのごとほころび、ゆめみる眸はあやしくぬれてゐる。……ぱつと空想は散華して、咄嗟にかう男は直観するのだ。あの老人は——あの老人が、ひねもすここにかうして居るのは、あるひは、この写真に恋してる故ではないのか？　いや、きつとさうなのにちがひない。あたかもかつて、画中の女（ひと）に心うばはれ、画を博物館から盗み出した、かの異国の詩人のやうに、彼は……ひくく男はうなだれて、うとうと眠りはじめてゐる……

　季節の風はここへ吹きこまない。壁のひややかさに、肌をひやりと触れられるばかりである。なのにどこからかしら、藤の匂がほのかに迫つてくるのだ。どこからか——ではない。すぐ眼のまへは、うすむらさきの藤棚ではないか！　赤い洋館の傍（かたはら）に大きい藤の古樹があり、網のやうに枝を四方へのべひろげてゐるその樹の蔭に、やさしい姿がすらりと立つてるのは、さつきの写真の女優なのだ。ぴつたり身にあふ薄絹の衣は、金のレイスが陽光にかがやかしい。そよ風になぶられ、やはらかに華やぐ金髪の波。ひとひらふたひら藤の花が、女の肩にほろほろと舞ひ落ちる。陽は生ひ茂る葉を洩れて、きよく青じろく花にもえるのだ。夢に色づくみしらぬ果実にも似て、はかなく高い花房の香……

　赤い洋館の扉がひらく。と、中から出てくるのはあの老人である。ふるぼけた背広に、灰色のネクタイを付けてゐる。犬のやうに碧い瞳をうるませて、ちよつと右手をうごかし会釈をするのだ。女の頬はさつと微笑にほころび、またうつくしく眸がきらめく。何と奇麗な二人の交礼！　藤棚をややはなれたベンチに老人は掛けると、いつしかしづかに、ワルツの曲が奏されてゐる……。はらりと女の裳裾がひるがへる。絹の弧線が、陽炎のごと地上を舞ひはじめるのだ。網目の影があをく揺れて、月の光のすきとほる夜に、波間におよぐ人魚のやう。金のレイスがきらきらと、水を射かへす鱗のやうだ。微風が吹いてき、枝もたわわの花の雪を、ゆすぶり散らしはらはらはらはらと、舞ひ舞ふ女の肩に脊に、みだれふりそそぎひるがへりゆく……

　とこの時、一匹の、金色に輝く緑の蜥蜴が、藤の幹元（ねもと）をつつと走り這ふ、とまり、見廻し、尾がちらちら動く……

　はつと男は目を醒ましたのだ。じつとりと額に汗がねばつこい。夢だつたのか……気づけばとつくに音楽はやみ、魂をぬかれた空虚さがとりのこされてるのだ。ほつと息をついて、窓下のテエブルに視線を向けると、さつきの老人の姿が見えない！　パイプも背広も犬の眼もないのだ。どうしたのだらう。睡つてるまに、世界すべてが、他の異つた場に移つていつたのではないのか。?……予感に窓をあふむくと、あひかはらずそこにはカアテンをへだて、無音のシルエツトが往きかふてるのである。やれやれと男は胸に安堵をおぼへる。やつぱり今はもう醒めてゐるのだ。壁の額縁（がくぶち）に女優の写真がさびしい。

　意識を衝かれ、反射的に男は腕の時計に眼をおとす。十一時半だ！　うろたへ、弾機（バネ）のごと椅子から跳びあがる。しまつた、と口のうちで呟くのだ。給仕の少女は眼にもとまらず、いそいで台に銀貨を置くや否や、かたかたかたと狭い階段をかけ上る。外へ。刹那、一斉に強烈な力が、彼へむかつて殺到してくるのだ。光！　音！　熱！　圧されるやうな暈を感じ、一瞬男はためらひひるむが、やがて、そこはいつもの、彩なくひからびた街の舗道にすぎない。
男は再びため息をつき、さておもむろに、足を小きざみに運ばせはじめるのである。

（一九四〇・五・一〇）

妻見の手帖

十月三日（日）
入隊三日目の夕方、風呂（バス）に入った。バスから上って外へ出ると、西の空がクリイム色にたそがれ、ほそい三日月が夢想の童話（メルヘン）みたいにうるんで光ってゐた。霞浦にはとほく白い鷗がひらひらと飛ぶ。夕霧に包まれて水面ほのかに昏く。
十月四日（月）
入隊式、青空にくっきり浮び上った軍艦旗のあざやかさ。窮屈な詰襟の軍服に短剣白手袋、人形みたいに俺はまだ身の変化を実感できぬ。
夕方、跣足でへこたれた。夜、はじめて通信が許され家へハガキ。Dへハガキ。

十月五日（火）

駈足、足がだるくて人のあとを追っかけるのに懸命だ。午後、練兵場で手旗の練習。赤白の小旗が教員の旗と共に一斉に上下し、小学校の運動会を思ひ出させるやうに美しかった。何の判断も考へも浮ばぬ、唯体を動かし、視覚はものを映すのみ。

私の目的地は大同。厚和から汽車で約十時間も、南下しなければならなかった。

今日は晴天で、夕方バスに入ると顔がひりひりする程、日に焼けた。詠嘆癖もどこへやら、抒情も紛れてひたすら肉体を動かす。動かさねばならぬ。思想なんてやっぱり閑人の頭に浮ぶ囈（タワ）言なんだなあ。尤も、閑人であるがいいのかさうでないのがいいのかは別問題なのだが。夜の温習時間、別になんにも書くことも無い。全身の疲労はものうい快感となってる。

十月六日（水）

今、午前七時十五分。朝の温習時間だが何の思念も浮ばぬ。俺の思念なぞは、活字によって触発された観念のたはむれだったのかもしれぬ。あっけないものさ。人間の心の化かされ易さ、紛れ易さ。

午前の陸戦、教員がちょっとクレオ氏に似てゐた。なつかしく、なんだか元気が湧いてきた。豊後水道の小島でがんばってる陸軍上等兵マナベ、クレオ……顔の表情も心の表情も硬ばらせたやうなかたくなな自らを思ひ、彼に対して恥づかしい思ひがした。彼は軍務の余暇に大恋愛小説を書きつつあるとか。

ああ。練兵場の草原青く、空にはカキ色の練習機が休みなく爆音をひびかしてる。秋日和の遠い日の遠足のやうなさはやかさかな。太宰府天満宮、秋の筑紫路。うねる路には稲の穂あふれ、ひかる木蔭に藁葺がみえる。白い綿雲、透明な山なみ——いや、あれは筑波山、さうか、ここは故里百里はなれた関東の地なのだ。小学校の頃の俺に負けない様に、元気を出さう。元気を出して、しっかりがんばらう。

がんばれ、俺よ、見よ、お前は若者だぞ。

夕方、病室まで駈けて行き、行列して種痘。

十月七日（木）

朝焼の雲は紅色に輝き、竜巻のやうだった。

居住区雄飛館の裏——湖の遥か右前方に見える五棟の飛行機格納庫は、まるで風景の中その地点だけが遠近法上の間違ひをやってるかの様だ。なんて不恰好に大きいこと、近所の席の者に雑誌を借りて、川端康成「故園」を読む。しづかなあきらめの境地みたいな平静簡潔な筆致だ。

昨日の種痘がついたらしく、右の腕がむづ掻ゆい。

坐学の時間は眠く、訓練の時間はあへぐ。夕方、四十分間連続体操をさせられてダッタリダアリング元帥となった。

十月八日（金）

毎朝朝焼がきれいだ。錬兵場の草原は朝露に濡れてゐる。体操あとの疲労感も爽やかに快よい。昨日のことを忘れたやうに、毎朝気分が新しくなるのはふしぎだ。健康とは肉体の充実感をいふとすれば、好むと好まざるとに拘らず、俺は今健康になりつゝ、あるのもしれぬ。

朝の温習時間、班長のUにヴァレリイ全集第五巻ダヴィンチ論考を借りる。一九一九年の「覚書と雑考」――これは単行本「ヴァリエ、テ」で一度読んだ記憶があるが――を読む。久しぶりの読書で精神爽快となる。が、これを読んでるこの俺とは一体何者だらう。それを離れて、この精確に解析された精神を爽快なぞといふ安易さを省み、なさけなかった。

昼休み、どこかで新聞を見てきた奴が、大学の文科系学生が十二月一日入営、今月二十五日から徴兵検査が始まるといふ報導を触れて廻った。異様なショックを受け、気分が治まらない。嗚呼……

十月九日（土）

雨。朝からしとしととふる。更に午後からはざあざあとはげしい土砂降り。夜、教育主任E少佐の訓話が剣道場でなされた。暗い泥沼みたいな道を又学生舎の方へ帰りながら、俺は、わけのわからない焦躁に沈み込んでゆくばかりだった。

十月十日（日）

雨の日曜日。七時から大掃除、九時まで。雨にぬれながら便所の横の雑草をむしってゐたが、根にくっついた土の匂ひが強く身に沁み、つくづくと手に握った草のかたちを見入った。昼食後、O氏、クレオ氏宛夫々ハガキ。Qにハガキ、OTにも。終日雨降りしきって更にやまず、風はげしく、湖面は白くけぶって対岸見えぬ。食卓番でうんざりした。夕食後、後片附けを忘れて煙草吸ってゐたら、朋輩に怒鳴られた。気分が滅入ってしまひ、ものも云はずに二十四枚のアルミの食器を指で一々丹念に洗った。

十月十一日（月）

暁方の眠り浅く夢ばかりみてまどろむ。第一種軍装で外出してみる。Dといっしょだ。本郷の銀杏並樹の通りを歩き、喫茶店に入って何か喋ってる。お茶の水の錆びた鉄色の風景、赤い夕陽がレエルに流れてる聖橋の上、それがいつのまにか博多の片土居町になってる。汽車の切符のことなぞ心配してたら目が醒めた。夜明けの薄蒼いひえびえとした空気の中を、白い寝巻姿で便所に行く。

夕方、月がきれいだった。十五夜だらうか。望前だらうか。明々と照って鏡のやうな湖面に銀鱗をつくってゐた。防波堤の先の標識燈に、赤い灯と青い灯が一つづつ点され、それが湖面にきらきら映ってる。夜間飛行のために点されたのらしい。尾翼に灯をつけた飛行機が、つぎつぎに弧を描いて闇の中を飛んでゆく。蛍みたいに、美しかった。ぼんやり佇んで眺めてゐた。

十月十三日（水）

また食卓番が廻ってきた。うんざりする。夕方、母からハガキがきた。夜、温習のあと外へ出ると満月が冷水を浴びたやうに冴えてゐた。

十月十四日（木）

熟睡出来ず夢ばかり見てゐる。午後の訓練で馬飛びをやり、疲れた。夕方、バスから上って配給の菓子を食べる。

裏の湖上に銅鑼のやうな月が上った。赤く染まって、やや左右にひろい楕円をなしてゐる。女の肉体を思はせるやうな爛熟した色形だ。今夜はいざよひか。舞台の書割みたいにするすると月は昇っていった。湖いっぱいぴたぴたと金色の波が立った。油を一面流したかのやうに。

起床ラッパではね起きると雨は上ってる。朝礼のあと、湖の彼方の山なみ青く、その上に低くミルクのやうにとろりと流れる空があざやか。浮世絵の色だ――浮世絵は、朝焼のこんな色を描いたのにちがひない。遥かの森の稜線がくっきりと美しい。正面の湖上には黄金色に雲層が染まり、朝日の光がわづかに洩れはじめて水面に銀線を描いてゐた。夜来の雨で湖は水量を増し、堤防も沈んでしまってる。湖に向って号令演習。精一杯の声を出した。

十月十二日（火）

昨日夕方チブスの予防注射をやったのだが、夜中、便所にゆくと猛烈に熱が出て体ががたがたと悪感でふるへた。毛布にくるまっても悪感がとまらず困った。そのうち眠ったが、何やら夢ばかり見てゐた。

ひさしぶりの発熱で、その病的感覚はめづらしかった。一日中身体だらしく気勢上らず。

夜、Uに借りたヴァレリイ「詩学叙説」を読む。「――セロのただ一つの音色が、多くの人々の内臓を本当に支配します。」（八十一頁）

何だか今日は気分が変だ。熱でうきうきして食慾も無い。

十月十五日（金）

夜中、四時前だったと思ふ、便所に行った。凍るやうに寒い西空に十六夜の月が皓々と照ってゐた。

寒さに急いで毛布にもぐり込む。寝つかれない。起き出る前に夢を見てゐた。O氏やQやDが居た。そんなことを思ひ出しながら眠らうとしてるがうとうととまどろむばかり。夜、帰り途、Cちゃんに逢って話しながら歩く夢をみた。どこかのレストランでYやIを待ちあぐんでる夢もみた。娑婆に居る時はこんな夢はあんまり見なかったのだが、ここでどうして、こんなに娑婆の人間ばかりの夢を見るのだらう。まどるむうちに総員起床五分前のアナウンス。つづいて（尤も、この間の五分間はすこぶる永く感じられるが）起床ラッパ。駈足で練兵場へ整列すると、なほ西空につめたく冴えた十六夜の月。東の空は紅にそまって、今日も美しい朝焼の色、いつも形を代へ色を変へてつねに新しいことよ。裸体操も今朝は肌がしんしんとさむい。体操をやってるうちに太陽はかつと輝いて地平線を抜いた。雲が黄色に白熱し、朝露が、野の衣裳のごとくきらきら光った。ペシミスムなんて唯の気分に過ぎなかったのだ。この健康な肉体を見よ。一切は気分によって左右されるのだ。世の思想、観念と呼ばれるものの総てが気分をもととしてるといふ認識――この人間機能に関する反省は、空しい安堵を自得せしめる。焦躁を棄てねばならぬ。今の生活に心よ合体しろ。

十月十六日（土）

午前大掃除で事業服を腿までまくり上げ、甲板流ひをやった。前の週の大掃除の時、雑草をむしってその土と草のいのちの感触を哀しんだ如きは、低徊趣味のセンチメンタリズムではなかったかなぞと、汗を拭きながら頗る意気軒昂たるものがあったけれど、掃除が終って講堂に入ると、Dからハガキが来てゐた。とび付いて読むと、Dは痔の手術で寝てる由、妹の代筆らしかった。「――又逢ふ日は、ないかもしれぬ、あるかもしれぬ、いづれにせよ、俺は、お前の命の一部をあづかり、お前に、俺の命の一部をあづけたつもりである。病室に寝てゐると、ばらばらと思ひ出が眼の前を流れる、捨てるには惜しく、捨てざれば更に悲しい思ひ出である」……そのハガキを握ったまま雄飛館裏に出て、そこの樹立が、銀杏の苗木であることにはじめて気づいた。ほそい樹立、葉は半ば黄ばんで、眩しいほど透明な光の中に幾本も並んで佇ってゐた。青い空はしらじらと果しなくひろがり、さゞなみみたいな白い雲の列、小石を敷きつめた庭園のやうな空。泪ぐましい心は何を想ってるのだらう。軍隊に入って、訓練を受けて、肉体を動かして一体何を学び得てるのか。晴ればれした気分があったとしたら、それは浮はついた心の一時的欺瞞ではなかったか。何の心構へさへ持たぬこの生活を省みよ。ああ……何もかも砂上楼閣だ、ちょっとした気分の変化で、がたがたと崩れ去ってしまふ……

夕飯を鱈腹食ったら又元気になった。お望みなら、「元気らしく」なったと云はう。
夜、飛行機格納庫のガソリン臭いところで、軍楽隊の演奏があった。日本人の音楽は何て単調なメロディ、十年一日の如き陳腐さなんだらう。音楽に於ける日本的性格——精力的な浪曼精神の全的欠如、そしてちょっぴりと感傷的な底流がまつわる。ほとんど聴いてる方でてれ臭くて冷汗が出る。行進曲、軍歌など明治以後依然たる単調稚拙の雑音楽の他、元禄花見踊とか豊年祭とかいふ間抜けた音楽があった。音楽の批評位云ったたって構はないだらう。検閲にひっかかって軍法会議に廻される心配もあるまい。
しかし、一体俺は何にさう肚を立ててるのか。自分の弱さと安易さとにか。
十月十七日（日）
朝三時四十五分、突如として総員起床のラッパ。総員第二警戒配備につけといふ。眠い目をこすり寒い体をちぢめながら練兵場に飛び出し、整列する。雄飛館で待機だそうな。机にうつ伏して居眠り。五時十五分、朝礼で外へ出る。朝の雲は今朝もまた美しい。黄金色に燃えるやうだ。八時、第一種軍装で遥拝式。神嘗祭。格納庫で総員軍歌練習。単調でつまらぬ歌ばかりだが、大声を出しただけで気分爽快となる。さばさばした。単調だなんのと、そんな旧態依然たる感覚の方こそ愚劣ではないか。夜、本郷の下宿の婆さんにハガキを書く。
十月十八日（月）
今朝も三時四十五分起床。防空演習。夕方、チブス二回目の注射をやった。航海術の講義の時、Cirrusとか Cumulusとかいふ雲の名が出てきて、他愛なく愉しかった。

十月十九日（火）

三時四十五分起床。早く起きねばならぬことが気に懸って、起きて整列する夢ばかり見て熟睡出来なかった。起床後直ちに雄飛館にゆく。午前の陸戦要務の時間、ぐっすり眠り込んでゐた。どうしてこんなにだらしがないんだらう。昨日のチブス注射で気分悪し。体がふらふらして眩暈（メマヒ）がしさうだ。熱のため口がにがい。食欲なく生唾ばかり出る。何ていまいましい生理的存在であることか……

夕方、クレオ氏からハガキが来た。「——花すすき大和は海にあふれたり」といふ句が書かれ、花すすきの絵が淡い絵具で描いてあった。又今夜も、現在の生活に、中途半端な自分の心に、はげしい焦躁と憤懣をおぼえ、剰（あまつさ）へ熱のため頭もうろうとして、舌を噛みたかった。

十月二十日（水）

ノオトの表紙の裏に、学生時代に書いたこんな文句のあるのに気づいた。「——悲観者と厭世者とはひとしくペシミストと云はれる。これは不都合である。悲観者は決して厭世的ではない、寧ろ世をいとほしむ心が深ければ深い程悲観的になるのだ。そして、悲観的になる事によって厭世的にはどうしてもなれない人間なのだ。おそらく、最も身に沁みてこの世を愛してる者は他ならぬ悲観者なのだ。彼のドラマは、愛する世の中と人に対して、逃れるすべなく絶望せざるを得ぬといふ所にある」。

彼はニヒリストだった。一切の価値といふものを認めなかった。道徳も理想も彼にとっては無意味だったし、総ての世の規制すらほとんど無視してゐた。行為の如何なる当為も彼には感応されなかったのだ。ところで彼が大学を卒業した時、彼の母国は海を隔てた大国と戦争の最中だった。彼は戦闘機操縦員を志願した。訓練中彼は黙々として仲間とも殆ど話すことなく、苦虫を嚙んだやうな顔をいつもしてゐた。数箇月の訓練後、彼は南太平洋の前線基地に出征したが、間もなくそこで戦死したのである。遥かなる南の海、ソロモン群島の空戦で、敵の戦闘機三機を屠った後、自らの愛機の機関部に命中弾を受け、火を噴いて海の中に一直線に墜ち沈んでいった。藻屑と消えた微少な一生物に拘りなく、あとにはあかあかと燃える夕焼の空、永遠に静かな大洋が果しなくひろがってゐた。

十月二十一日（木）

ポプラの樹。さらさらと陽に葉はひるがへり、秋空に白いつめたさ。空には淡い漂ふ綿雲。幼なき日への郷愁のはろけさよ。弧線を描いて在りし日の、わが哀しみを想ひみる。丘の上に現実はとほく、眼下の町もものうく眠る。

夕陽を浴びたポプラ並樹。片田舎の小さい駅は、古ぼけた柵に沿うて、幌馬車の朽ちかけ窓のイメエジだ。ポプラの葉群れ黄金色に輝き、凸凹だらけのほそ畦道に、車輪の跡は地面に深く、何をか過ぎし旅想ふ。

なんてくだらぬ風景が、イメエジ湧けども愚痴にもまがひゝ涸れし抒情を奏でつつ、詩（ウタ）を失（ナ）

くした詩（ウタ）びとは、さながら乞食に似たるかな。うつろな瞳に泪たたへ、溜息ばかりつくものを、みじめとこそは云ふべけれ。

また雨となりました。肌さむい。鼻のさきがつめたい。裏の湖に汽船が入ってきた。天草通ひのポンポン蒸汽位の、ペンキ塗りの汽船。いま、朝であります。岸辺の葦は雨に濡れそぼち、愁ふる心にしみてくる。

水の流れがあたかも月日の流れるやうに音もなくしかも速かった。彼はもう死ぬ間際の岸辺に孤り立ちつくして、茫々とまなこをうつろに、あの頃のことを想ってゐた。

十月二十二日（金）

昨日夕方の雲は壮麗だった。積乱雲が真紅から紫色、金色に輝いて、実に壮大な光景だった。層雲の朝焼は浮世絵の如く、積乱雲の夕焼は油絵の如し、か。後者には何となくヒューマニスティックな浪曼性を感じる。

俺はここに来て、確かに抒情奔溢症が大分快（ヨ）くなったやうだ。センチメンタルな心に沈潜することが少い。身を動かすことばかりに追ひ立てられて、抒情する暇さへないといふあんばいだ。閑暇なき生活に祝福あれ。

十月二十三日（土）

昨日午後、本聯合航空隊司令官久邇宮朝融王殿下の軍容査閲あり。今朝また早朝の体操の時、高松宮殿下の台臨あり。体操してる最中に、地平線から太陽が雲間を金色に輝かせながら昇った。クリイム色の、水色の、大空の色が匂やかにきれいだ。OTからハガキ、家からハガキと小包（印鑑）、Qからハガキ。

十月二十四日（日）

寂寥のプラタナス佇つ湖なれば鷗は白くひらひらと舞ふ。

十月二十五日（月）

しとしと雨。ぞくぞくと寒い。灰色の空。空っぽの頭。一日中また空しく過ぎた。

夕方、練兵場に出ると、夕陽の逆光を浴びて薄の穂群が銀色に光ってゐた。

Mirage のやうな image……image のやうな Mirage ——といふ言葉。

十月二十六日（火）

クレオ氏からハガキ。水色の絵具でランプが描かれてゐた。Nから文庫本の陶淵明集を借りて読む。

「——靄靄停雲濛濛時雨。八表同昏。平路伊阻」。

「——斯晨斯夕……慨独在余」。このあしたこの夕べ、歎きはひとりわれにあり。

十月二十七日（水）

体操のあと、朝焼はまるで鮮肉を空の一部に垂らしたやうに腥かった。——いま、ふと思ひ出しました。一週間ばかり前、夕方の訓練の時間、練兵場の端から端を駈足してる時、みんな一斉に雑草を踏んで走ってゐたが、その雑草の匂ひが実に新鮮に健康に香ってゐたが……

「——笑言未久逝焉西東遥遥三湘滔滔九江山川阻遠行李時通」（三十三頁）

今日は午前中四時間ぶっつづけに陸戦。午後、E少佐の話。徹底した軍人を見る。その後また速足行進の練習。体操。夜は甲板士官が見廻りにきて、運動靴の整頓が悪いといって尻を精神棒（妙な名だ）でぶん擲られた。総勢五十人ばかり。飛上る程痛かった。

十月二十八日（木）

夕方の体操が済んで練兵場を駈足で帰る時、ぬかるみの土の匂ひが鼻にしみた。その匂ひは蟹の息吹きのやうだった——といふよりも、蟹の吐く泡が已に匂ひを放ってたのかもしれないが。幼い頃を思ひ出した。土橋の下の石垣に沿うた水の流れと、砂の色を思ひ浮べた……

今朝起きた時体がものうく眠くてならなかったが、今日も亦朝四時間、午後二時間、休みなしに陸戦があった。午後の陸戦の時、青い空には刷毛で描いたやうなCirrusがほの浮び、遥か山辺にはCumulusがぽかぽかと漂うてゐた。ぼんやりそれを眺めるともなく眺めてゐると、忽ち分隊長から頭を五つぶん擲られた。軍隊といふ所は寸分の放心も許されぬ所だ。俺みたいなぼんやり者は——つまり、放心したり感覚したり感慨したりする者は、何の容赦もあらばこそ、覚めろ覚めろとぶん擲られるのだ。即ち、自らの心に覚めるいとまもない程に、周囲に対して覚めてゐなければならぬ——気を配ってゐなければならぬ。軍隊の生活——これは一種の純粋世界と云へぬこともありませんな、少なくとも俺にとっては、純粋行動——体を動かし、手を上げ足を上げ、訓練にいそしむのだが、俺に関する限り、それは何物をも目的としてゐない。唯、動かされるから動いてるだけだ。何の意図も目的も理由も功利もない、無償の行為です。軍隊に於ける肉体の行使は、労働とは截然（せつぜん）と異る。訓練は実際的に外形的には何ものをも生産しない力の空費だ。即ちこれを、行動すること自体が目的であるところの純粋行動と云っていいけないわけはない。（勿論、戦闘を目的として、その訓練鍛錬として教練を行ふ世の一般の軍隊にはこの言葉は当てはまらぬ。さういう目的意識が無く、体力の増進といふことすらも意図せず、唯動かされるままに動いてるに過ぎぬ俺個人について云った迄だ。ふざけてるのでも茶化してるのでもない。必然の中のささやかな自由だ）。

夕食後、菓子の配給があった。食へど空しく、食はざれば更に空し。空しけれども唾液の出るは如何ならむ、嗚呼。

「——世短意常多」（淵明五十八頁）……人生百に満たず、常に千載の憂を懐く。

（古詩）

いかなるえにしあればにや
われはこの世に生れきて
夜の星空をながめては
永遠のなげきをなげくらむ……

温習後、外へ出て空を見上げると凄い星屑だった。無数のきらめきにうつつに見入ってるうち、ほとんど荘厳の感に打たれた。

十月二十九日（金）

霧が深い。朝露にしっとり濡れた雑草の上を駈足。体操が終って雄飛館に帰ると、ここもしらじらと霧に立ち罩められてる。湖も白く空もしろく、ぼうっとプラタナスの樹立などが灰色に浮んでゐる。ひやひやと肌につめたくしみる。プレンソオダの製造場へでも入った様な感じ。おや、百舌鳥の声だ。とほくはるかに汽笛も聞える。霧が深いと空気が冴えるのか、耳が冴えるのか。

朝の課業整列の後、休む間もなく大急ぎで脚袢を巻いて今日も亦陸戦。霧が小さい水蒸気の粒となって、煙のやうに流れる中を速足行進。薊に似た可憐な雑草の茂みを踏んで歩いてゆく。草の香が霧の中からしっとり匂ってくる。蜘蛛の網に水滴が銀色にきらめいて、珠数つなぎになってゐる。実にきれいだった。感歎した。太陽は霧の中で朧月みたい。教練は休みなしに速足行進、方向変換、体形変換の連続繰返し。足重く、銃重く、胸重く、腕重く、汗じっとりとなる。果しなく反覆される行進のうちに、いつの間にか霧が晴れて視界がさっとひらけはじめた。空も明るくなる。東郷青児の絵みたいな空になる。コバルトに淡く白が立ち罩めてぼやけてゐる。今度はやけに陽が照りはじめる。頬がひりひりする程にあつい。たうとう午前中ぶっつゞけに四時間、堂々めぐりの行進ばっかり。午後も亦陸戦。何だか怒りに似た気分を抑へながら動かされるままに行進をやる。銃持つ手が痺れたやうにだるかった。軍隊とは所詮馬みたいな生物にならねばならぬ所だ。我を張ったってどう仕様もない。宿命と諦め、我を棄てて時間を浪費しなければなるまい。ものを考へるな、ものを感じるな。唯豚みたいに人に附いて廻ればそれでいいのだ。

十月三十日（土）

昨夜はくたくたに疲労して床についたが、何故か寝付かれなかった。何を求めて航空隊なぞに這入ったのか。空を飛んでるカキ色の練習機を眺めてもまるでちがった世界のものみたいに無感応に放心してるだけだ。何箇月か経って実際この自分があれに乗って、剰へ前線へ飛出し敵機と戦ひを交へるなぞとは、空想することさへ出来ぬのだ。ここに在る自分といふ存在がまるで嘘みたいにしか思へない。一体俺はこんな所でこんなベッドの上に毛布にくるまって、何の真似事なのか……そんなことを想ってるうち、ふと、ボルネオに行ってるO氏の顔、度の強い近眼鏡を光らせて口をむっと結んだO氏の顔が浮んできた。ゆえしらぬ苛責の念。云ひ表はすすべもない、とりつく島もない、このどう仕様もない自分の心。ああ、私はやっぱり駄目なんです、どうしても……仕様がないんです。怒らないで下さい、さういう性(サガ)なのです。ついてゆけないのです。どうしても……現実が身に迫らないんです。外界と手を握ることができない……一致できないんです、やっぱり心はみなし児のまま……飛行機さへも、私にはその形と色としか見えぬ、その意味、その形而上的な実感といふものがない……どう仕様もなく……逃れるすべもなく……ああ、センチメンタル……いつか泪さへ床に伝はって毛布を濡らしてゐたが、そのうちうとうととまどろみに入った様だった。

起床ラッパで飛び起きると、まだ昨夜の残滓で力無く、体さへ全身ものうく動くの臆劫だったが、そんな随意は許されない。すさまじい怒声に逐ひ立てられて、ふるへて毛布を畳み、洗面、大急ぎの駈足で練兵場へ整列。空は暁方の透明な藍色で、星がちらちらと二つ三つ瞬いてゐた。

十月三十一日（日）

昨日一日中沈滞。今朝も床の中で尚気が滅入ってゐたが、叩き起され、あはてて外へ飛び出すと地平の方、湖の上は濃い橙色、浮世絵色、そこにぽかぽかと弾幕みたいな蒼暗の雲がつらなってゐた。いつもの通り駈足、体操、号令練習。いつのまにかものうい心の鬱屈も消えて心身爽快となった。

今日は外出日だが外出するのもうるさく、一日中隊内にゐて午前は洗濯、朔太郎詩集をNに借りて読んだりした。よく晴れわたった日で、ぼんやり湖をながめたり、居残りの仲間（多くは外休の病人だったが）と無意味に喋ったりした。入日は雲一つなく、黄金色のぼうつと霞んだ空に、まるでオオロラみたいに入っていった。この四五日来信は、Q、母、D、OTの四個所から。

夜、Q、OT、家宛計三通のハガキを書く。昨夜、ハガキには返事出すなと書けと言はれて、不愉快になってDにもクレオ氏にも書かなかった。

「――白日淪西阿素月出東嶺遥々万里輝蕩々空中景風来入房戸夜中枕席冷気変悟時易不眠知

夕永欲言無予和揮杯勧孤影日月擲人去有志不獲騁念此懐悲悽終暁不能静」

「――栄華難久居盛衰不可量昔為三春蕖今作秋蓮房厳霜結野草枯悴未遽央日月還復周我去不再陽眷々往昔時憶此断人腸」

十一月一日（月）

ああ勉強がしたい勉強がしたい。いかに俺といふ人間は空つぽなものか。よくぞ思ひ知るがいい。近頃みたいにぼんやり安易に過してゐたのでは、全然酔生夢死どころか一匹の豚に過ぎない。しつかりしろ。もつと真剣になれ。勉強しろ。勉強しようと努力しろ。

十一月二日（火）

暁方寒くて眠り難い程だつた。湖から白い水蒸気が靄のやうに立ち昇つて、まるで温泉場みたいだつた。

夜、陶淵明集。

「……遥々望白雲懐古一何深」

温習中憩時に座席の交替があつた。後の隅から引きずり出されて、真中辺に据ゑ置かれた。

十一月三日（水）

明治節。練兵場で遥拝式、御写真奉拝後、分隊長分隊士との会食がある。一滴の神酒と固形あづきの羊羹、うまかつた。午後は行程四里半の行軍。軍歌を合唱しながら竹藪や桑畑の間や杉林の中を歩き、陽に照らされたりしんと冷えたり、農家の低い藁葺、路傍の子供もちらちら現はれて、埃をかぶつて咽喉は渇れたが、なかなか気持よかつた。帰つてシヤツと事業服の洗濯。もう水がつめたい。コンクリイトの流しの上を洗濯石鹸がつるつるすべつた。
夜の温習時間は、気を引き緊めよう引き緊めようといくら努めてもうとうと眠つて困つた。下宿の婆さんからハガキ。こないだの返事だらう。
「……眇々孤舟逝緜々帰思紆」（淵明九十三頁）
十一月四日（木）
「……夜景湛虚明」（九十七頁）
「……晨夕看山川事事悉如昔」（百三頁）
十一月五日（金）
午前中三時間短艇。はじめて橈を持つたら水に押されて、座席からひつくりかへつてばかりゐた。足が短か過ぎるのか膂力が弱過ぎるのか。（教員は尻の掛け方が深か過ぎるのだと主張したが、その他に何等かの原因がきつとあるとしか思へない。
とに角橈を漕ぐといふよりは橈に漕がれたあんばいで、全身へとへとだつた。本日天気晴朗なれども浪高し。青い透きとほつた波の色はきれいだつたが、橈のわが身体に与へる抵抗は実に怖るべきものだつた。やつとの思ひで陸地に上り、ほつとする。腕はまだ痺れた様にぐつたりしてる……おまけに今日は食卓番。午後は陸戦。分隊戦闘教練で散開、早馳け、突撃の永遠の反覆、やれやれうんざりする。つづいて武装駈足、唇を嚙んで何かを懸命に裡口抑へつけながら皆のあとについてゆく。そのあと又体操。何たる恐るべき肉体の行使であることか、正気の沙汰とは思へない。それに黙々と従はされる自らを褒むべきか、嘲ふべきか、俺は唯土偶みたいに表情さへ無くしてゐた。

夕方、バスから上つてやつとほつと息をついたが、昨日の相撲で四股を踏んだため朝から足がだるかつたのに、一日中休みなしの肉体行動にすつかり参つてしまつた。考へることなし。日が暮れても尚風がひどい。砂塵で眼がちかちかする。いかなればかくもはげしい肉体の拷問がわが精神に課せられるのだらう。

十一月六日（土）

憂鬱だ。現実が一つの夢であるのなら、夢をも亦一つの現実として生きては何故いけないか。ああ何といふ愚劣な今の生活！

「……流幻百年中寒暑日相追」（百四頁）

「……靡々秋已夕凄々風露交蔓草不復栄園林空自凋清気澄余滓杳然天界高哀蟬無留響叢雁鳴雲霄万化相尋繹人生豈不労従古皆有没念之中心焦何以称我情濁酒且自陶千載非所知聊以永今朝」（百七頁）

十一月七日（日）

書くことなし。返事出すなどといふ手紙はいやだから、今週はハガキも一通も書かぬ。今日の日曜日、外出は禁じられて朝分隊点検。陸戦二時間。午後体操。遣り場のない鬱情をもったまま、俺は益々分隊員とも口を利かずこの生活に倦厭の情を増してくる。

十一月八日（月）

寒い。銀杏が色づいている。プラタナスもかさかさに枯れてる。空には cirrus ―― 大気つめたい。

十一月九日（火）

だんだん書くことが無くなってゆく。書くのがばかばかしいのだ。

夜、甲板士官が二人やってきて、温習状況、机の中の検査などをやった。まるで俺達は罪人みたいに扱はれる。不快な気分に苛々しながら巡検の時間に至る。なかなか寝つかれなかった。じつにいやだ。

もう少し人間らしく生活させてもよさそうなものを。机の検査までされたのでは、ノオトさへ碌に書けやしない。

十一月十日（水）

今夜も亦甲板士官が棍棒をひっ下げてやって来た。畏こまって水雷術教科書に眼を据ゑ頭は空っぽ。

十一月十一日（木）

もうこんなノオト、止めよう。書きたいことは書けないし、いや第一、書きたいこともまるで無いので。　（―― 以下数日空白）

十一月十八日（木）

今日の日課は陸戦要務二時間、航空術二時間、電信、航海術各一時間。分隊長の簡単な講義ばかり。訓練の時間は駈足で、寒風に曝されながら土浦の汽車ガアドまで海軍道路を往復。後半は疲れて息が切れ、ふらふらだった。脚が動かず懸命に息ばかりついてゐると、横に兵曹長のA分隊士が駈けて来て励まされ、やっとそれに引きずられる様にして練兵場まで帰った。落伍しなかったのが精一杯。わが体力の劣勢に肚が立つ。

夕方、経理学校のOTからハガキを貰ふ。外出の度に本郷に出てるらしいが、本郷の様子も今度の学制改革で大分変ってしまったさうな。文学部、法学部、経済学部などがらん洞になってる由。人気ない銀杏樹の電車通りに、寒い晩秋の風が黄ばんだ枯葉をかさこそアスファルトにころがしてる風景が眼に浮ぶ。道行く大学生も見知らぬ顔ばかり。Café polaris の扉は閉ざされ、白つぼけた路地には眼にちかちかする砂ぼこり。水湊の出さうな佗しい風景だ。Tなど残った連中も皆徴兵検査で帰省したさうな。ああ、身は土浦海軍航空隊学生舎にありといへども、去年の俺とどうして何の異る所があらう。白い木綿の事業服を身にまとひ、朝から晩まで駈けずり廻ってはゐるが、胸のうちはむかしのままの倦怠と鬱屈と憂愁ばかりだ。

OTのハガキは暗いが甘い想ひを誘って、何遍も繰返し繰返しそれを読んだ。Iが俺の住所を知らして呉れとOTに云ってよこしたさうだ。つまり、I宛の俺のハガキは届かなかったといふわけだな。彼は第三乙種だった由。何故俺のハガキは届かなかったのだらう。Tは飛行機を志願してる様子。Ｙはどうしたかしらん、Ｗは。

十一月一日に召集されたかしらん、こないだの便りでＯは来年二月入営とか云ってきたが、今頃はどうしてることやら。思へば俺は自分の心に手一杯で、娑婆でも曩の空のつき合ひしか仲間として来なかったが、流石にしみじみとした感慨が湧いてあたたかいものがこみ上げてくる。

今日一日、曇天のうそ寒い日だったが、今、夜の温習時間、講堂の横に湖の波音がごうごうと鳴ってゐる、さみしい荒模様の今夜、何だか凩みたいなしんみりした気分に沈む。小学校の頃、五十燭の電灯の下で母は針仕事をやり、九つの俺はその隣に机を据ゑて算術か何かの宿題をやってる。表の通りももう杜絶えてしまひ、初冬の風がこうこうと樹立を鳴らし電線を揺るがしてる。そんな寂かな夜の気分を思ひ出す。生きてることの侘しさが、ふとそんな風の音になって子供心にも吹き込んだものだが……

十一月十九日（金）

日課は航空術、陸戦――中隊密集教練二時間。午後、短艇三時間。訓練時間まで引続きだった。最後に競漕をやったが、十隻の内俺達のカッターは七着。殆ど同時にゴオルに入ったから、或は八着だったのかもしれぬ。湖の上はいゝ気持だった。淡い陽が照り、空は六分の白い綿雲。遥か兵舎の方の煙突から灰色のけむり。沖宿と書かれた部落の岸にカッターを着けると、赤い古ぼけたどてらを着た親爺が、黙ってじっとこちらを見てゐた。俺達に乗り合せた教員は昔の小者と云った風の感じ、以前教へた練習生のこととか南太平洋の海戦の話なんかを、あのう、あのう、といふ間投詞をしきりに連発しながら貧弱な語彙で物語る。一個の愛すべき人物です。

月曜日に砲術の試験があるといふので、夜の温習時間、義理にも教科書を開いたが瞼の方がなかなか開かず、腿なんかを懸命につねってみるが睡魔を退散せしむること容易ならず、見廻りの甲板士官の手前、少なからず困らされた。

七班に居るTYといふ奴は変な人種だ。いつもひとりでぶつぶつと独言を呟いてゐる。何か意識にブランクな所があって、物を忘れたり間抜けた事をやったりして擲られたりしても平気でゐる。なかなか笑ひ顔を見せない。ぼんやりしてるといふか落着いてるといふか、自分独りで自足してると云った塩梅だ。東大仏文中退、本籍は福岡、現在は中野に家があるさうな。まだ直接話したことはない。

こないだの分隊点検の時、彼は三時間ちかくも第一種軍装で威儀を正してなければならぬ事を非常に気に病んで、「石ころか蝶々になりたい。」と隣の者に云ったといふ。

言葉といふものは感覚的美の前には手放しで芸もなく嘆声を発するばかりで、いくら地団太踏んでもそれに及びもつかないと云つた様なことをたしかトオマス・マンが書いてゐたが、青空に浮ぶ雲のかたちを眺める度につくづくこれを痛感する。あの空の美しさ、あれを見て絶望しない画家が果して幾人あらう。あの感覚的美以上に、確たるものを自己に持つてると自負し得る画家が。俺なぞ全く情けなくなる。
あの空を眺めては、物を言葉によつて描くといふことが如何に不可能な空しい事かを概歎させられるばかりだ。
十一月二十日（土）
夕方、バスから帰つたら満洲からDのハガキが来てゐた。「――耳を澄ませば、満人の馬車の響が一定のリズムを以てこの街を拡つてゐることに気づく。カタカタカタといふ蹄の音と、ビユーンビユーン風を切る鞭の音だ」。彼の日課がどんな風なことぢややら。ちよつと遊びに行つてみたい気がするが。Dはどこまで行つても依然たるDだなあ。だが彼の依然たる文章は已に俺に懐しい。
夜の自由温習、久しぶりにハガキを書く。母宛。それからOT宛に。「……現在課外の本は一行も読めぬ。ノオトも検閲される心配があるのでいつもポケツトにしまひ、便所の中で走り書したりする。軍人になり切ることなど到底覚束なく、なかなか自らの心を棄て切れぬ俺には少々つらいが、仕方ない。近頃は筑波颪が、霞へ上る程寒い。湖から毎朝、温泉場みたいな湯気が立ち昇る。昼間は白い鷗がぷかぷか浮いたり、ひらひら飛んだり。」
十一月二十一日（日）
九時過外出点検後、隊門を出る。はじめての外出。明るい青い秋日和。空には淡い羽毛みたいなCirrus漂ひ、若くは低い山辺に綿ぎれみたいなCumulusのむれ。柿の木に枯葉がまばらに残り、そんな雲を背景にしててらてらと秋陽を浴びて立つてゐる。路傍の草も乾いてかさかさ。透きとほつた光だけが明るい。

翳まで明るい。刈り取られた田圃には稲藁が積上げられ、赤蜻蛉のなきがら、枯葉みたいに干乾びて藁屑の間にころがつてゐる。馬糞も干乾び白い埃の田圃の匂ひ。

この秋の晴れた日の空の青さはあまりの明るさゆえに寂しい。惻々と心にせき上げる泪ぐましさは幼い日への郷愁だらうか。在りし日々のとりとめもない空しさは透明な陽炎となつてしづかな農家の藁葺の上にゆらめく。

休みなしに四里余り歩き、その上靴が小さいので、足が痛くてぐつたり疲れた。隊に帰れば青い湖上にぷかぷか漂ふ鷗の群れのまぶしさ。波間に赤い浮標。島の輪廓遥かに淡い。秋の光線果しなく明い。

田圃路を歩いてゐた時、青いエーテルみたいな透明な陽光の中を、幻のごときらめき過ぎる微細な翅虫があつた。塵埃にまぎるる程に小さく、空気のやうにきらきら光りながら。

黄昏の枯木にしづかに蜻蛉がとまつてゐた。あたりはもう薄暗く、ひえびえと夕暮の靄が漂ひはじめてゐた。俺はそつと指を延ばしてそれに触れようとした。翅をとらへるとそのまま蜻蛉は細い枝から脚を離した。それは、枝につかまつたまま巳に死んでゐたのらしかつた。ひつそりとした死だ。いかにもそれにふさはしいひつそりとした黄昏の寒さだ。俺はもう一度そつとその亡骸を枝の上にのせた。と、硬直したやうなやせた脚はかすかに動いたやうだつた。そのまま倒れずに、それは枝の上にしずかにとまつてゐた。

十一月二十二日（月）

一時間目は精神訓話の時間。題目は「敢闘精神」となつてゐるが、分隊長の話はいつの間にか来る二十四、五両日の教育査閲に関する注意となる。試問の際の下準備に海軍大臣とか鎮守府長官とか当隊司令の名とかを聴かれ、俺の番には敵国の作戦部長は誰かといふ質問が当つたのだが、突嗟にハイ、ヤアネル元帥でありますと答へた所、それは大出鱈目の真赤な偽りであつて、そのヤアネルといふのは、（元帥ぢやない）四五年前、支那事変当時のアメリカ支那艦隊司令長官とやら云ふ事であつた。どうしてそんな名前を覚え込んでゐたのだらう。われ乍ら苦笑を禁じ得ず。

つづいて運用術――これは教科書を一めぐり読んでしまつて終り。昼食。

午後は教育査閲の予行演習で、銃をかついで分列行進。Y分隊士の号令でてくてく歩いてると、突然分隊長の声で、妻見――右こぶし内にまげる、と怒鳴られた。怒鳴るといふ文句は当らない。もつと当り前な声で、俺は可笑しい程奇妙な感動をおぼえた。何か分隊長に感謝したい様な、有難い様な親愛の情が湧いて、胸がもやもや温かかつた。あれは一体どういふ感動だつたのか、今考へてもわれ乍ら納得出来ぬが、人間といふものは、よく妙な場合にちよつとした事で非常な感動をするものだなと思ふ。

一時間の中隊教練のあと、予備学生全体の予行、更に練習生併せて当隊総員の予行。もう四時を過ぎ、さつきまで暖く脊を照らしてゐた秋陽が西の雲にかくれて、翳つた練兵場は急にひえびえと肌さむくなつたのに、もう一遍予行をやり直すと云はれ、やれやれとうんざりした。かういふ点について俺は全然耐久力がない。無性に怒りみたいな感情が胸に湧いて苛々する。行進のラッパが鳴り始めると、その千遍一律の調子までが実に愚劣で不快に感じられてくる。俺は性来の我儘者なのだ。自分の望む行為でない一切の行為にはげしい反撥をおぼえるのだ。こいつは、軍人に最も不適な性分と云はねばならぬ。軍人になるには、先づ自分自身の気質、性向をはじめから否定しなければならぬと、もう俺は耐へ難い肚立たしさと焦躁を感じて、憤ろしく頑なになつてゆくばかりだ……

日が沈んで薄暗く、寒さに肌を震はす頃やつと解散。夕食は已に六時。夜の温習も遅れて七時から。温習時間、A分隊士の砲術の試験があつた。プリントの洋紙一枚に問題がごちやごちやと十題ばかり並べられてゐて、まるで小学生の試験みたいな懐しさをおぼえた。但し砲術の勉強は進んでやる意志無かつた為、精々半分位の答案を書いて時間終了。まあ毛布にもぐつてぐつすり眠るさ。

十一月二十三日（火）

八時、第一種軍装で大練兵場に集合。当隊司令MK大佐の分隊点検である。練習生の方から予備学生の第一分隊、第二分隊、と順が廻つてくるのを待つこと二時間余り、その間ふと左方へ視線をやつて実に素晴らしい発見をした。練兵場の端の肋木に朝露が滴つてゐるのだが、それに朝の陽光が照つて色鮮やかにきらきら光つてるのだつた。その色彩の美事さ……まるでネオンランプみたいに、赤や橙や青や緑や紫などの光の列が、虹彩を発し、きれいな列をつくつてつらなつてるのだ。この自然の豆ランプのきらめきの鮮やかさに、しばらく自分の在り場所さへ忘れて魅入つてゐた。

午後は航空二時間。うとうとと居眠り。訓練時は体操単調にして退屈。

海軍予備学生としてこの土浦海軍航空隊に入隊し、学生舎に眠り雄飛館に学修して生活しながら、尚且つ俺は今でもこの生活が俺自身のやつてることとは思へない様な気がする。自分の生活をぼんやり放心したみたいに傍観してゐる。全体これは何者かと云つた風の気持で、その日その日の場埋め的気分で日を送つてる。未来に対する確たる希求もない。俺といふ存在にとつて、現在の生活は第一義でもなければ必然的でもなければ本当に意味があるとさへ考へられない。俺の本質に関する限り、現在の生活は現実として迫つても来ないし何の役にも立つてゐない。毒にも薬にも、プラスにもマイナスにもなつてゐない。唯俺は、日課に従つて諸々と日を送つてるのだが、その日課によつて如何なる新しい体験も与へられてゐない。行為の切実感とか体験の貴重さとか、みんな他愛ない奴等の騒ぐ空しい藻抜けの嘘の皮だ。

俺には肉体の疲労感覚すら、わが事と思へないのだ。かうして俺は二箇月経つたら飛行機に乗るのだらうか。前線に飛立つて敵と交戦するのだらうか。さうしていつかこのまゝの気分で死んでゆくのか……だとしたら、人生とは何といふ夢幻の様なものだらう。一つの夢の中に生きて現実を黙殺したら、何と簡単に現実は儚い一つの幻と化してしまふことか。あゝ仮令俺が壮烈な戦死をする時があるとしても、人々よ、決して俺を祀つたり讃へたりなどして呉れるな、俺は断じて人のために死んだのではない！　理想の為に死んだのでもない！　何のためでもないのだ、自分の為でさへないのだ。無償の行為だ。純粋行動だ……云ひ得べくんば自由人の虚無に粉飾された自殺とでも名附けて呉れ給へ。俺にはその絶対的無意味が快よいのだ。俺は、永遠に自分の心だけを懐いで(ママ)死んでゆきたい……

十一月二十四日（水）

曇つた空から霧みたいな氷雨が降つてぞくぞくと心の芯まで寒い。午前は水雷二時間、電信、短艇各一時間。午後、教育査閲の分列式。

十一月二十五日（木）

朝、水雷の講義中に査閲あり、ぴかぴかと勲章を吊つた連中がぞろぞろと入つてきて、僅か数分間居てすぐ出て行つた。十時半から第一警戒配備の防空演習。防毒面を下げて駈足で練兵場へ出たり雄飛館にとつて帰したり、繰返すこと数回。やつと査閲完了してほつとする。午後は航空術二時間。

訓練時の相撲で大男にぶつかり、圧し潰されて肘をすりむいた。とんだ災難、皮が破れてひりひりしやがる。

十一月二十六日（金）

朝焼けが美事だつた。湖に連絡船みたいなポンポン船が浮んでゐて、静かな水面に鷗がひらひらと舞つてゐた。歌ひたい心がしきりに湧いたが、情けないかな言葉が出ない。昨日のすり傷の肘が痛い。どきんどきんと疼く。実に有害無益の出来事と云はねばならぬ。ちくしやう。この痛みを感ずることによつて、何の利得も獲られやしない。世の体験なんてみんなこんなもんさ。

今日の課業は運用二時間、電信二時間、軍制学、訓練時は練兵場をぐるぐる駈け廻つた後で徒手体操。

教育査閲の講評——概ね優良との事であつた。優良に「概ね」も糞も無いものだ。人を馬鹿にしてる。

肘が痛くて駈足が辛らかつた。泣言は並べたくないが、肚立たしく、いやいや乍ら人のあとに附いて走つた。擦り傷一つで已に気分の快適が全然失はれるとは、何と人間とは生理的存在であることよ。あの晩バスに入つたのが悪かつたのだ、化膿したのはきつとその所為なのだ。何ていまいましいこと。二時間目の運用の時間、予備浮力だか何だかの質問を誰かがやつて、何とかかんとかそれについて問答が連発したのであるが、その揚句の分隊長の裁断、「——白隠の隻手の声をきくよりは両手を打つて商ひをせよ」といふ俗諺の引用であつた。これは実に端的に、軍人の立場を示したものだ。分隊長は語るに落ちた。軍人は実際商人と同じく徹底的に行為的でなければならぬ。プラグマチストでなければならぬ。軍人精神などと神秘めかしく構へてみても、その大本を云つて了へばプラグマチズム精神の一語に尽きる。軍人精神とは決して形而上学ぢやないのだ。軍人とは戦争に勝つことを唯一絶対の目的とする職人である、肉体労働者である、でなければならぬ。戦争屋です。

従つて、彼の本質はつねに行為、行動であるわけだから、如何なる理論、理念も之に実力が伴はなければ河童の屁だ。

所で俺みたいな無為者 ―― 生きてる事が自己の感情、観念、気分を味ふこと以外の何物をも目指してゐない様な自由人 ―― は、行為に何等の第一義的意味も価値も置いてゐない故、軍人的気質とは全く相背馳した、縁もゆかりも無い異人種であるわけだ。

軍人は厳めしい面つきをして文学を遊惰の精神と一蹴し去るが、成程、彼等にとつて文学は遊惰な囈言(タワゴト)なのにちがひなからう。だが、その遊惰の精神を持して揺がぬ人間も亦、死も弾丸も何等恐るるに足らぬと自負し得ることを、諸君は銘記して置くがよい。

十一月二十七日（土）

今日は一日中課業は無い。朝の精神訓話の時間から引きつづき分隊長のお説教ばかりである。午前十時に二箇月教程の飛行科学生の退隊あり。営門に整列して見送つた。皆の神妙な顔付を見て、へんに切迫した様な気分になり、感銘した。

五時限から大掃除。銃器係なので、班全部の銃手入をやる。夕方、総員練兵場で軍歌演習、やけくそに大声を張り上げたら気分が爽やかになつた。

下宿の婆さんから故郷宛荷物発送の通知あり。

十一月二十八日(日)

日曜日、曇つて空気が寒くてたまらぬ。食卓番に廻りいやいや食器を洗ふ。例の通り軍装に着換へて八時半練兵場集合。九時営門を出る。二回目の外出だ。Nと一緒に土浦の町とは反対の方へ歩いてゆく。

右手へ山路を昇りながらぼつぼつ話した。ここに入つて以来の生活について、以前の自分とどう変つたか否かについて、何となない倦怠の情について。ひさしぶりの田舎の風景は実にここちよかつた。幼い頃の遠足の日などを思ひ出した。藁葺の低い農家や、刈田の藁山に転る雀や、電柱から向うの森の方へ飛んでゆく鳥や、鷺か鶴かしらぬ白い大きい鳥や、ぼろぼろの継当だらけのズボンをはいた畦道の子供や、桑の木や、鈴懸に似た、名の判らない樹や、段に層をなして谷間にひろがつてゆく畑や、火見櫓や、曇つた空から洩れる薄れ陽や、鶏のもの倦げな羽ためきや、埃つぽいぼくぼく道や、茶の木みたいな白い花を咲かせた小さな樹や、枝だけくつきり浮き出た朴の木や——いや並べてみた所で仕方はない。阿彌神社といふのはしんかんとした社殿で、すごく大きな杉や松がこんもり茂つてゐて、いかにも古風な鎮守の森といつた感じ。社殿の扉には古びて赤茶けた女の髪毛などが束にして幾つも結へられ、それが埃をかぶつて蜘蛛の巣みたいになつてゐる。感慨が湧いた。封建的生活感情へのノスタルヂアか。社の藁屋根は苔むしてゐた。Nと喋つてゐるうち、自分が頗る言表力拙劣なことを痛感した。二箇月の生活で自己分析も言葉も大分忘れてしまつてゐる戸惑ひである。

自分の思つてることがそのまま口に出て来ず、まだるつこくて、言葉とならない焦躁がもやもやと胸元につかへた。俺の捨鉢さ、いい加減さを相手に思ひ知らしたかつたが、恐らく不可能だつたらう。Nは俺の事を、弱々しくて、而も驚くべく頑なな精神だと云つた。歩きくたびれて帰り途は足が棒みたいだつた。山あひのだらだら坂を降りる時、竹の透垣の向ふから不図ラジオが流行歌を唱つてるのが聞えてきて、それがひどく心に触れた。喋りかけた口を噤んで、しばらくのろのろと足を運ばしてゐた……

十一月二十九日（月）

昼、東条首相の訓示が大練兵場で行はれた。ちえつ、新聞やニュース映画の種となる材料に利したに過ぎぬ。わざと、きよろきよろとニュース映画のカメラの方なぞを眺めてやつた。

近頃又三晩ばかりつづいて、昔の夢ばかり見る。小学校の頃の。校庭のポプラとか、鉄棒のある砂場とか、母と連れ立つて歩いた太宰府神社の境内とか、赤い毛氈を敷いた閑雅な掛茶屋など、それから冬の午さがり火鉢にあたりながら正月の餅を焼いてゐたり、夜更け床の中にもぐり込んで岩波文庫のチエホフの短篇を読み耽つたり、そんな夢を見る。どうしてだらう、大学の頃はほとんどこんな夢を見たことなんか無かつたのに。父母のこともよく思ひ出す。生活から観念と活字が取り除かれて、毎日単調な日課を強ひられてると、人間は自然に何でもない昔の事なぞを思ひ出すものなんだらうか。本郷当時のひたむきな生活は、昔を追憶するしづかな裕りもない程に現前の思念に陶酔してゐたのか。ああ、チョコレエト、シュウクリイム、饅頭、餡餅、羊羹の類がたべたい……

十一月三十日（火）

航海術、電信査定、軍制学、機関術。訓練時に居住区移転、ベッドの部屋から鈎床の部屋へ。俺みたいなのろまの無精者には大弱りである。夜の温習時間の後半、鈎床上げ下しの教練。肘の傷がまだ痛くて、意気揚らぬまゝに人後に落ちながらやる。憂鬱なる一日だった。床に入っても愚痴る気分。何の因果でかくも愚劣な徒労事に精神を浪費しなければならぬのか。どうも俺は軍人たるの資格全く無しと云はねばならぬ。（今更云ふのもをかしなものだが。）行動的意欲に欠くる所甚だしく、動作に敏捷ならざることおびただしいと来てる。

十二月一日（水）

朝礼後居住区に帰つて、鈎床のくくり方がなつてないと云つて甲板士官にぶん擲られた。どうも取りつく島もない。軍隊といふ所は、逃げたり見逃がして貰つたりする事の全然出来ぬ所だ。肘の傷が痛くて思ふ様に動けぬといふ如き、個人的事情の酌量される理由がどこにあらう。決められた通りに出来ない奴は、如何なる事情があらうとも、駄目で、無能で、低劣な奴だ。俺はくくり方もいい加減だし、速さも皆のやつたあと、最後だつた。つまり、鈎床上げ方落第である。よしんば擲り殺されても文句のつけ様はない。事実擲り殺されはせず、棍棒で尻つぺたを三つぶつ叩かれる位で済んだのだから、寧ろ不幸中の幸ひと云ふべきであらう。それにしても、こんな風の生活にあることは、俺にとつて流石に苦痛だ。現実を無視するとは云ふけれど、やつぱりお尻の痛さは切実を極めてる。意気沈滞して了ふのだ。無益の事に力を向けねばならぬのが、いまいましくてかなはない。この耐へ難さを突き抜ける工夫は無いか。自我絶対主義者への、現実が報いる苛責ない復讐と云つてしまへばそれ迄だが、俺の心は、尚永遠にこの現実に反抗しようとする……

而し、現実の復讐はそればかりではない。この肘の傷一つでさへ俺を限りなく苦しめるのだ。傷が爛れて黄色い膿がシヤツまで染む。この事の、如何に俺の気分を不快に阻喪させてゐることか！　腕を動かす一切の行為が制約される。と同時に、ものを喋ること、考へること、感ずること、いやここに書くことさへ、それは測り知れぬ力を以て俺を制約するのだ。ほんの皮膚上の一小疾患が、人間の精神活動をまで制約するとは恐るべきことだ。ああこの愚痴を愚痴と云はば云へ。俺は益々自分の中に立て籠らう、そして断じて外界となんか妥協しやしない……

十二月二日（木）

曇天、一日中寒さに震へてゐる。

十二月三日（金）

暁方、寒さのために眠れない。うとうととして夢ばかり見てゐる。

日課は水雷、航空、電信二時間。午後、三時間ぶっつづけに短艇橈漕。湖上の冷気に体の芯まで冷え上つた。

十二月四日（土）

毎晩の事だが、昨夜も亦夜中に目が醒めて寝つかれなかった。毛布に身をくるんでみるがどこから風が入るのか、足の先などがひやっと冷たく寝つかれない。まどろみ心地で昔のことを考へたりCちゃんのことを思ひ出したり。肘が疼いて寝返りする度にずきずき痛んだ。今まで逢ってきたいろいろの人々に限りない愛情を感じる。ああ、人間とはいとほしいものだ、みんな哀しい生きものだなあ、今度逢ったら、ほんとに心から手を握り合はう……

昨日の午前、家から、東京の荷物が届いた旨の通知が来た。

夜、寝室でQからのハガキを貰った。簡単な便りだが、なつかしかった。

「――妻見ちゃん元気か、大分寒くなったな、風邪引くな。

Dが飛行機で新京へ飛んで行ったといふことだ、降りたとたんに反吐を嘔きさうになって、そこへ風が吹いて、帽子を飛ばされ大分、追っ駆けた由、

こちらは元気でゐる、一昨日（十八日）は日曜日課で、分隊全員近くの山に登った、弁当をたべミカンをたべて、思ひ思ひに歌を歌ったりした、秋の山から海に陽がさすのを見ると、向ふの海岸を呉線の汽車が走るのが見えた、この島は汽車がないので、珍らしかった。明日は又日曜だ、山に登らうと思ふ」。

江田島の山に登って、陽を受けた眼鏡の下から、白い陶器みたいな眼をぼんやり据えて海を

眺めてるQの姿が浮ぶ。何だか傍へ寄っていって、後ろから、おい、と肩でも叩きたくなる。

十二月五日（日）

朝から風がひゅうひゅうと吹き荒れて、身を切る様につめたい。湖には数百の白馬が果しなく駆けて来るみたいにすごい白波がうねってゐる。砂塵が巻き上り眼がぢかぢかして開けられぬ。口の中も耳の中もざらざら砂だらけになって了ふ。日曜日課だが外出せず、一日中雄飛館でぼんやりしてゐた。

十二月六日（月）

夕方、Iからハガキ。徴兵検査は第三乙で、毎日家にぼんやりしてる様子。Yもまだ召集が来ず、郊外の中学校に奉職するらしいとのこと。皆、何を考へてることやら。

（附記）妻見の手帖はここで終ってゐる。そのつづきが書かれたかどうか私は知らぬ。またそれを読みたい興味も正直の所持たぬ、恐らく最後までこんな調子だったただらう。彼はこの後一月足らずのうちに土浦航空隊での基礎訓練を終へて中国のある戦闘機基地隊に転属した。翌年の五月一日に海軍少尉に任官すると間もなく、彼はこのノオトのどこかに自ら書いた筋書とほとんど同様に、南太平洋の前線基地に出て同じ月の末に戦死したといふ報を、人の噂に聞いた。その時彼は二十一歳といふから、このノオトが書かれたのはその前年二十歳だったわけである。彼と私はここに記された訓練中一緒の分隊に居たのだが、何しろ二百数十名の分隊員の中で、殊更彼の存在に気をとめるわけもなかったし、今彼の像を描かうとしても、唯、特徴のある黒い、大きな眼の玉といつも前屈みになった小柄な姿勢とをやっとうろ覚えに思ひ出すに過ぎない。このノオトは、彼が転属の際に偶然居住区の床の上に落していったのを拾ったものだが、芥子粒みたいな文字で紙一面細々と書かれたこの小さい手帖を、窮屈に切りつめられた訓練中にはじめて読んだ時の印象に比べれば、今、これをそのまゝ、一句も改めないで此処に筆写する仕事は、已に私に倦怠の情を強ひることの方が多かったし、わざわざこんなものを公開する事の意味さへ今となっては疑はれるのだ。彼が彼自身以外の外部をすべて無視した口ぶりを示したと全く同様に、人々も亦彼自身の存在を一切無視するだけかもしれぬ。しかし、人々がここに、外部に閉ぢられた若年の薄弱な精神を見るのに過ぎぬとしても、私はあれこれと註釈めいた説明なぞを附加へるいはれもないし、附加へたいとも思はぬ、唯、死者をして死者を葬らしめたいといふ、徒労の希ひを果しさへすればそれでよいのである。

（一九四四年六月）

詩抄

秋

水澄みて
光空しく
心識（こゝろ）消（け）ぬるを
目に
茫茫兮　現象ながる

「青々」復刻版（昭和56年12月、旧制福岡高等学校文科乙類17回生）昭和15年1月、福岡高等学校文科乙類第17回生による謄写版刷のクラス雑誌。猪城博之、伊達得夫、湯川達（達典）、福田正次郎（那珂太郎）らが寄稿している。第5号（昭和21年10月）まで発行された。これは、後年、湯川ら関係者の手によって制作された復刻版。「失題」「妻見の手帖」「秋」「山吹」「句抄」はここに掲載された。

山吹

いとしい蝶にも逢はぬまま
ほろほろ散るか山吹は
かりのいのちのはかなさに
露さへ友とならなくに

（一九四一年）

雪のふる夜は

雪のふる夜は、
紅いランタン灯(とも)して、
支那蕎麦売りに巷へゆかう。
ガタガタの屋台　ひきずりながら、
乞食みたいに泪をたらし、
破れ団扇でコオクスの七輪を煽がうではないか。
枯木に白くぼた雪はつもり、
瓦斯燈の下ぼんやり影をおとしてゐる。
貧しい学生や
脂粉の女達、
寒い夜更けの侘しさを、
一杯のわんたんすすらうとする。

おれはやたら胡椒をぶちまけちやつて、
鼻孔(はな)がしゆんしゆん沁みるまでにし、
するするわんたん眺めながら、
「どうだいもう一杯」、と、
商売馴れた口をば叩くのだ。

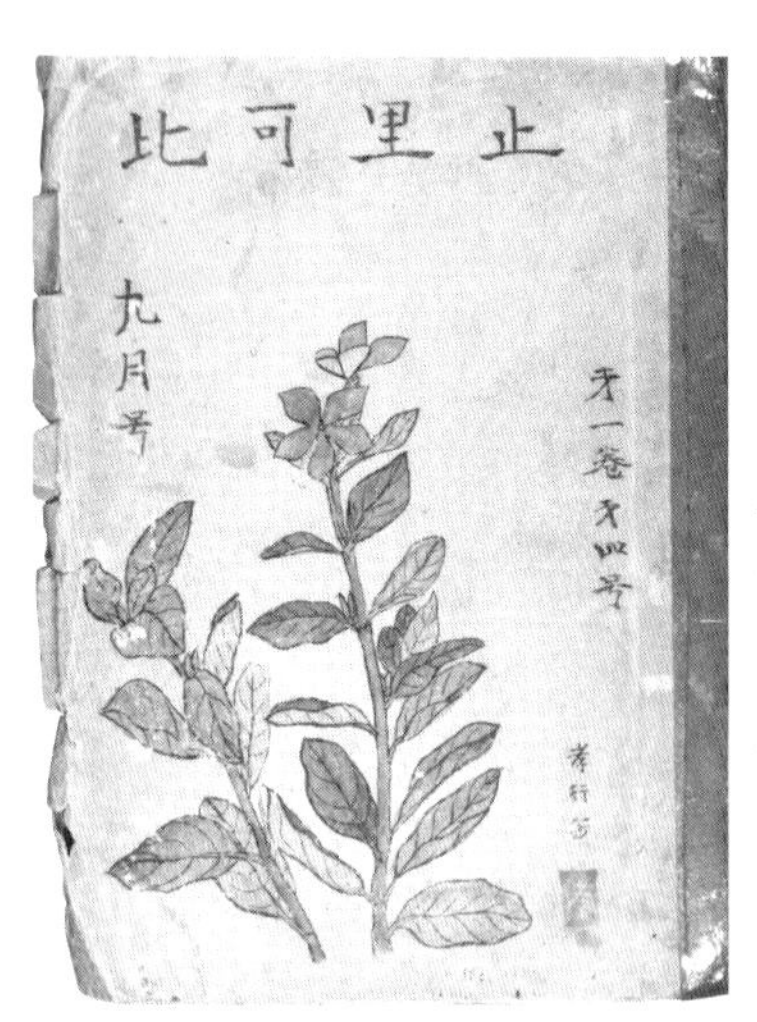

「止里可比」第1巻4号、(昭和19年9月)旧制福岡高等学校出身の各務章、湯川達典、田中小実昌らが中心になって発行したクラス回覧雑誌。昭和17～21年までに7冊発行された。福岡大空襲などによりほとんどが焼失、第1巻4号、第2巻1号のみ現存する。「雪のふる夜は」「阿呆鳥」は第1巻4号に掲載された。

阿呆鳥

おいらあ孤独の阿呆鳥
人間様とは呟葉通ぜず
ひねもす声も立てぬまゝ
遠い北極　想つてゐます

（一九四四年）

句抄

むらさきの藤棚わびし故園（ふるその）は

ほの昏く灯と物憂しや梅雨の巷（まち）

禅堂の昏きにしみる蛙声かな

五月雨（さみだれ）や五百羅漢の陰翳（かげ）みだれ

（シヨパンを聴く）

幽暗に舞踏たゆたふ雨の宵

雨の宵無明の中を泳ぎ行く

鬱蒼と灰空を衝く銀杏かな

悒鬱の華火凝固し鬱蒼樹

萎びたる花びら佗しチユウリップ

夜の新樹百千点（とも）す蛍光や

（白昼）

葉液を蜥蜴のなめる酷暑かな
味爽に万象ふるへ颱風来
朝の陽に蜥蜴さびしき土の塀
佗しさに莨(たばこ)くはえば唇(くち)にがき
山門の閉されてけふも日の昏れぬ
鐘鳴るやけふも心のたそがるる
僧房も日昏るるころや蟬しぐれ
黄昏の梢ほそぼそ蟬しぐれ
たそがれやオルガンの鳴る坂くだる
風さやぐ初茸のもと蝶逝きぬ
行く雲や土をうごかぬ秋の墓
かさこそと枯葉ころがす舗石道
銀杏の実秋天ふかく映りけり
たえだえに梢かすめる時雨かな
しぐれつゝ静謐の巷(まち)たそがるる
葬儀車は時雨の巷(まち)を走りけり
行き暮れて寂びれし酒場(バー)の扉をおせり

霧深き夜を彷徨ひて月の出ぬ
夜の霧に紫烟はきだす愁ひかな
凍(いて)月やモンパルナスの夜は更けぬ
夕映えや枯木を透(すか)し地に凍り
放心の目を眩しまし夕日射し

全村のひそまりにけり小春昼
をさな児の泪のあとや春日暮る
しらじらと花ちる樹下に犬病めり
めがね橋巷の夕雲映したる
仄暗く雨あをき茶房にショパン鳴る
たそがれのショパン聴きいるシクラメン
秋風にアストラカンの帽くろく
猫の目の硝子にうつる夜寒かな
しゃぼしゃぼと尿の音する夜寒かな
寒菊や人なき家の庭閑(ひそ)か

（一九四一年）

秋たけて画廊をめぐる靴のおと
枯枝にみの虫ぬるるしぐれかな
いくさ熄(や)んで枯野をめぐる風蕭々
しぐれしてかつとだえせり枯つ園
電線に枯枝触るる凍(い)て鋪道
氷雨の夜がらんと電車空(す)いてゐる
こがらしや飾窓(シヨウ・ウインド)の衣紅く
夜想曲窓にさらさら雪ふりつむ
雪の夜に紅(くれなゐ)のランプともしけり
瓦斯燈に雪あとしろき巷かな
雪の朝屋根裏の人窓ひらく
燦々と銀光みつる枯野かな
雪きえて角笛はろばろ鳴りわたる
青葉並樹幌馬車走る影ゆるる

（一九四一年）

【解説】那珂太郎と「はかた」

三浦雅士

那珂太郎詩集『はかた』は一九七五年に刊行された。それに先立つ詩集『音楽』の刊行が六五年だから、その間十年。長い。詩集の刊行はそんなものだと思われるかもしれないが、とんでもない。作者四十三歳から五十三歳にかけてである。いわばもっとも筆が乗るときにもっとも寡作だったのだ。むろん、寡作はその後も似たようなもので、『空我山房日乗其他』が八五年、『幽明過客抄』が九〇年、『鎮魂歌』が九五年、『現代能　始皇帝』が二〇〇三年。那珂先生は一貫して寡作だったわけだが、しかしその四十代においては寡作も極まれりという状態だったのである。

あれはいつだったか、おそらく一九九〇年前後のことだったと思うが、那珂先生を囲む会が開かれたことがあって、そのとき、先生が最後の挨拶で、「三浦君は詩集『音楽』の方法をさらに推し進めることを望んでいたようだが、それは結局、不可能なことだった」とおっしゃられて、冷や汗をかいたことがある。図星だったのである。同時に、自分が、先生に対して何か、不可能を強いる悪魔の使いめいたことをしていたような、何とも申し訳のないような気分にも陥って、身を縮めるほかなかった。

『幽明過客抄』を刊行された直後、先生はこの事情を次のように書いておられる。

「私の方法的模索は七〇年代半ばまで曲りなりにも続いたと思ふが、同時に、音韻リズムを中心とした詩的模索に限界の壁を感知せざるを得なかつたことも確かである。一つの方法は、だうだうめぐりの自家中毒症状を呈するとみえ、実質的には繰返しにすぎぬ危険に曝された。」(『時の庭』所収、「この三十年」)

この苦渋は、詩集『はかた』、とりわけ詩「はかた」に、端的に示されていると言うべきだろう。「はかた」は四部に別れるが、それぞれの冒頭三行を引く。

Ⅰ

なみ

　なみなみ

　　なみなみなみなみなみ

Ⅱ

くらいはてしない古代の海の底からせりあがり
燃えあがるいくさの火焔のなかにくづれおちた
不在のふるさとの　ふるへる風景

III

中洲の橋のたもとにたたずみ目をつむると　おい伊達得夫よ
あのブラジレイロの玲瓏たるまぼろしが浮んでくるぢやないか
ほら　ぎんのさざなみに魚の刃が閃き草仮名をかいて鷗がかすめる

IV

しししし　しぐれる志賀の島のしめやかなしら砂よ
落日の乱雲よ　らむね色のらんぷの光輪よ
ぬえくさの濡衣塚のぬれる千の燈明

第一部では『音楽』の方法、すなわち「音韻リズムを中心とした詩的模索」が端的に行われていて、その模索の中から古代の博多が夢まぼろしのように現われる。第二部では、その模索の手綱がやや緩められ、自身の幼年時代の博多が胸苦しいほどの懐かしさとともに固有名詞の連なりとして描かれ、第三部にいたって、青年時代の博多が、当時の自分たちのニヒリズム、そしてそれを顧みる現在のニヒリズムとともに、ニヒリズム独特の快活さで叙事的に語られてゆく。第四部はそれらの総合とでも言おうか、ここにおいて古代と現代が、詩の言葉の音韻リズムによってゆらめきながら溶け合い、発光し、やがて一瞬の激しいきらめきとともに消えてゆくのである――「だうだうめぐりの自家中毒症状」が、「はかた」という地名、その記憶によって、いわば解毒されてゆくのだ。それがそのまま鎮魂になっているのは、言葉の身体とも言うべき音韻リズムの、その呪術性による。音韻リズムへのこだわりが鎮魂へのこだわりであったことがここで明らかになっているのだ。

那珂先生ご自身は、「はかた」以上に、漢文読くだし体による一連の詩「空我山房日乗」によって解毒されたとお考えのようだったが、私には「はかた」のほうがその効果が強かったと思える。回想される過去とはすなわち死者の空間であり、詩はそのまま鎮魂であるほかなかった。そして鎮魂とはじつは「音韻リズムを中心とした詩的模索」と別のものではなかったからである。鎮魂こそその後に続く詩集の通奏低音にほかならない。

晩年、那珂先生が句作を好まれたのは、俳句という形式そのものがひとつの思想だったからである。芭蕉の言う軽みとは「ニヒリズム独特の快活さ」にほかならず、その思想的な実質は禅に等しい。したがって那珂先生の晩年は「はかた」という地霊と俳句という形式によって支えられたのだと私は思うが、しかし那珂太郎はやはり詩人だった。そう痛感したのは、遺作となった詩「四季のおと」を読んだからである。

春

ひらひら
白いノートとフレアーがめくれる
ひらひらひらひら
野こえ丘こえ（まぼろしの）蝶がとぶ
ひらひら
花びら（の）桃いろのなみだが舞ひちる
ひらひらひらひら
ゆるやかな風　はるの羽音

夏

かなかなかな
積乱雲の渦まくひかり
かなかなかなかな
燃える季節が（ゆつくり）暮れてゆく

かなかなかな
蜩が大気に錐をもみこむ
かなかなかなかな
光がかなでる銀色の楽器

秋

りり、りりり
草むらにすだく蟲のこゑ（か）？
りりり、りり
鳴りやまぬ　魂の耳鳴り（か）？
りりりりりりりり
なが月　ながい夜
りりりりりりりり
無明のゆめの芒をてらす月

冬

しんしんしん

（しはすの）空から白いすだれがおりてくる
しんしんしん
家の内部に燈りをともし
しんしんしんしん
見えないものを人はみつめる
しんしんしんしん
それは時の逝く足音

治子夫人がノートの切れ端に書かれたこの詩篇を見つけられ、病床の那珂先生に示されて、『宙・有　その音』に詩として収録したいが、いいかと尋ねられ、先生がはにかむように微笑まれて承諾されたというお話を、治子夫人からじかに伺い、私は感動した。

これは、那珂太郎の代表作と言うべき詩である、と、私は確信する。『音楽』で獲得された詩法が、『はかた』を通り、多くの俳句作品を通って、ここに達したのだと思う。『鎮魂歌』所収の「音の歳時記」、その四月、八月、九月、十二月が変容したものであることは疑いないが、印象がまったく違う。まるで春夏秋冬を能舞台で見ているようなのだ。中原中也の「一つのメルヘン」も夢幻能を思わせるが、那珂太郎の「四季のおと」は、いわばこの世ならぬ明るさに満ちている。

「不在のふるさと」と形容された永遠の「はかた」が、幻出したような気分だ。

　指摘するまでもなく、那珂先生はここで「音韻リズムを中心とした詩的模索」の「限界の壁」を突破しているのである。「音の歳時記」から「四季のおと」への変容のなかに、那珂太郎最晩年の詩精神の豊かな発露を見出すことができる。見比べれば分かるが、両者の違いは、十二篇から四篇を抽出し、改行を加え、過剰を削ぎ、たゆたいを思わせる括弧やクエスチョンマークなどを付け加えたにすぎない。だがそのことによって、方法へのこだわりが払拭され、若々しい、だが古典的なリリシズムが鮮やかにその姿を現わしているのである。まるで奇跡を目撃しているようだ。これこそ、かつての私が求めていたものにほかならない。

　日本語へのこの贈り物に接して、先生への感謝の気持でいまはいっぱいである。


（文芸評論家）

那珂太郎（福田正次郎）年譜

一九二二（大正十一）年　〇歳
一月二十三日、福岡市麹屋町（現博多区下川端町付近）の生まれ。父・酒井清三、母・てるの五男（八人きょうだい六男二女の五番目）。生後半年ほどして実家近くの福田文三・とみ夫婦に養子に行き、酒井姓から福田姓となる。実父・酒井清三は、博多の新聞界の先駆者として知られる藤井孫次郎の次男。清三は酒井てると結婚し、酒井家の養子となる。家業は呉服商（屋号・えり清）。

一九二八（昭和三）年　六歳
一月、実父清三死去。四月、奈良屋尋常小学校に入学。

一九三一（昭和六）年　九歳
二月、家業の呉服店（福田屋）が廃業、住吉南小路へ引越す。三年生の途中で、奈良屋尋常小学校（同級生に博多人形師の西頭哲三郎、建築家の真玉精剛がいた）から住吉尋常小学校へ転校。

一九三四（昭和九）年　十二歳
四月、福岡中学校に入学。

一九三六（昭和十一）年　十四歳
四月、実母てる死去。

一九三八（昭和十三）年　十六歳
四月、福岡中学校を四年修了で福岡高等学校文科乙類に入学。同じクラスに伊達得夫、猪城博之、湯川達（達典）がいた。文科甲類に千々和久彌、文科丙類に小島直記らがいた。また入学時の最上級生に矢山哲治、小山俊一らがいた。

一九三九（昭和十四）年　十七歳
十月、「こおろ」（のち「こをろ」）創刊。のちに矢山を通じて眞鍋呉夫、島尾敏雄、阿川弘之らを知る。

一九四〇（昭和十五）年　十八歳
一月、クラス雑誌「青々」創刊。

一九四一（昭和十六）年　十九歳
四月、東京帝国大学文学部国文科に入学。

一九四三（昭和十八）年　二十一歳
一月、矢山哲治死去。九月、大学を繰り上げ卒業（卒業論文は「徒然草小論」）。十月、海軍予備学生（第三期）として土浦海軍航空隊に入隊。同じ分隊（二四〇名）に尾形仂、直木孝次郎がいた。
十二月、広島県江田島の海軍兵学校に転属、国語科教官となる。

一九四四（昭和十九）年　二十二歳
五月、海軍少尉に任官。
一九四五（昭和二十）年　二十三歳
四月、長崎県針尾に新設された海軍兵学校分校に転属。六月、海軍中尉、空襲激化のため七月一日、全校あげて針尾から山口県防府に移転。ここで、八月十五日の終戦を迎える。九月一日付で復員。六・一九大空襲によって焦土と化した郷里福岡市で一ヶ月余、休養したのち、十月、上京。東宝映画株式会社に三日間勤務したのち、私立東洋高等女学校国語科時間講師となる。
一九四六（昭和二十一）年　二十四歳
三月末、東京都立第十高等女学校国語科教諭（のち校名は都立豊島高校と改称）。
一九四八（昭和二十三）年　二十六歳
勤務先の学校「作法室」に森澄雄夫妻と伊賀上正俊と同室を衝立で仕切って暮らし、「河童庵」と称する。当時の教え子に詩人の吉原幸子、石川逸子、小出眞理、女優の幸田弘子、香川京子らがいた。
一九五〇（昭和二十五）年　二十八歳
五月、第一詩集『ＥＴＵＤＥＳ』（書肆ユリイカ）刊行。発行者伊達得夫の発意で、学生時代の同窓生や教え子への販売を考慮して「福田正次郎」の本名で出版する。
一九五一（昭和二十六）年　二十九歳
五月、田口治子と結婚（治子は吉原幸子や幸田弘子の同級生）。一男二女を産み育てる）。草野心平、山本太郎、安東次男らを知る。「歴程」同人となる。九月、定時制の都立新宿高校に異動。同校には七三（昭和四十八）年三月まで足かけ二十二年間勤務。
一九五四（昭和二十九）年　三十二歳
伊達に山本、安東、大岡信らを紹介し、また伊達を介して清岡卓行、中村稔、飯島耕一、吉岡実らを知る。「歴程」を通じて宗左近・粟津則雄・渋沢孝輔・入沢康夫らを知る。
一九六一（昭和三十六）年　三十九歳
一月、伊達得夫死去。十二月、杉並区久我山に新居を設け、のちに「空我山房」と称する。
一九六四（昭和三十九）年　四十二歳
五月、萩原朔太郎研究会（事務局、前橋市立図書館・会長伊藤信吉）の創立と同時に常任幹事となる。
一九七一（昭和四十六）年　四十九歳

この夏、十数年ぶりに帰郷する。その後、一、二年おきに帰郷。

一九七三（昭和四十八）年　五十一歳

二月、三浦雅士の勧めで、「ユリイカ」に長篇詩「はかた」を発表。四月、玉川大学助教授として着任、翌年四月に教授となる。

一九八〇（昭和五十五）年　五十八歳

四月、博多に帰郷する。

一九八二（昭和五十七）年　六十歳

七月、大学からの研修のためフランス・ドイツを約一ヶ月間旅行。

一九八八（昭和六十三）年　六十六歳

この頃から眞鍋呉夫・三好豊一郎・加島祥造と共に沼津大中寺を訪れ、住職の下山光悦をまじえて連句を巻く。

一九九〇（平成二）年　六十八歳

三月、玉川大学を定年退職。

一九九二（平成四）年　七十歳

六月、萩原朔太郎研究会会長に就任。

一九九四（平成六）年　七十二歳

六月、第五十回（平成五年度）日本芸術院賞・恩賜賞を受賞。十二月、日本芸術院会員となる。

一九九六（平成八）年　七十四歳

三月、高柳誠の誘いで中世ドイツの彫刻家リィメンシュナイダーの作品を見る旅をし、あわせてマインツ大学、ベルリンの森鷗外記念館で自作詩朗読を行なう。

一九九七（平成九）年　七十五歳

八月、ドイツ語翻訳兼朗読者イゾルデ・アサイと高柳誠とともに再度ドイツへ朗読旅行。鷗外記念館のほか、デュッセルドルフ、ウンメンドルフ、バート・ライヒェンハルで朗読会。

二〇〇二（平成十四）年　八十歳

一〇月、福岡市文学館の企画展「余は発見せり〜伊達得夫と旧制福高の文学山脈〜」に関連して、那珂太郎トーク&ライブが開催される。

二〇〇四（平成十六）年　八十二歳

四月、沼津大中寺に「万緑のみどりとりどりに緑なる」の句碑が建立される。

二〇〇八（平成二十）年　八十六歳

十月、群馬県前橋市の前橋文学館特別企画展「那珂太郎―〈無〉の詩学―」が開催される。

二〇一四（平成二十六）年　九十二歳

六月一日逝去。

主要著書

詩集

『ＥＴＵＤＥＳ』（書肆ユリイカ、五〇年五月）
『音楽』（思潮社、六五年七月）第五回室生犀星詩人賞、第十七回読売文学賞
『那珂太郎詩集』現代詩文庫16（思潮社、六八年十一月）
『はかた』（青土社、七五年十月）
『定本　那珂太郎詩集』（小沢書店、七八年七月）
『重奏形式による詩の試み―相互改作「わが出雲」「はかた」―』入沢康夫との共著（書肆山田、七九年十一月）
『空我山房日乗其他』（青土社、八五年十月）第三十六回芸術選奨文部大臣賞
『幽明過客抄』（思潮社、九〇年五月）第九回現代詩人賞
『鎮魂歌』（思潮社、九五年七月）第三十三回藤村記念歴程賞
『続・那珂太郎詩集』現代詩文庫144（思潮社、九六年十一月）
『現代能　始皇帝』（思潮社、二〇〇三年十月）

随筆・評論集

『萩原朔太郎その他』（小沢書店、七五年四月）
『鬱の音楽』（小沢書店、七七年一月）
『萩原朔太郎詩私解』（小沢書店、七七年六月）
『詩のことば』（小沢書店、八三年三月）
『はかた幻像』（小沢書店、八六年四月）
『時の庭』（小沢書店、九二年七月）
『木洩れ日抄』（小沢書店、九八年六月）
『俳句と人生』対談集（東京四季出版、二〇〇五年十二月）
『宙・有　その音』（花神社、二〇一四年八月）

初出一覧

Ⅰ 博多

1 はかた自注（「無限」38号、七六年二月）
2 遠い記憶（「三田文学」七六年七月）
3 在りし日の博多（「ポスト」八〇年十一月）
4 観世音寺馬頭観音像（『日本の仏像』七九年十月）
5 帰郷の記（「東京新聞」八〇年五月九日）
6 わがふるさと（「西日本新聞」八〇年十一月十三日）
7 筑紫野・福岡の万葉（「短歌現代」八一年六月）
8 祇園山笠（「R」八一年七月）
9 仙厓寸見（「墨」八一年十一月）
10 風景の記憶（「抒情文芸」八二年二月）
11 まぼろしの町へ（「季刊手紙」八五年三月）
12 時の庭（「歴程」八六年八月）
13 博多（「読売新聞」夕刊、九〇年五月二十六日）
14 新春雑感（「西日本新聞」九三年一月六日）
15 中学の思ひ出（「福中・福高八十周年誌」九七年五月）

Ⅱ 戦争

16 終戦の時（「歴程」53号、五六年九月）
17 随想三題（歴程同人編『人生案内　詩と随想』現代教養文庫、六五年十二月）
18 「鬱」の音楽（「音楽の窓」七四年六月）
19 一枚のレコオド（初出未詳、七四年）
20 戦記にならぬ記録（「歴史と人物」七六年八月）
21 偶感（初出未詳、七六年）
22 昭和時代の一面、寸感（「地球」95号、八九年六月）
23 私の死生観（「Litteraire ブックス」九四年九月）

Ⅲ 交友

24 伊達得夫のこと（「詩学」一月号、六一年一月）
25 最初の稿料（「季節」六九年）
26 「こをろ」の頃の島尾敏雄氏（島尾敏雄『出発は遂に訪れず』旺文社文庫、七三年六月）
27 「こをろ」の頃　1（「西日本新聞」七八年十二月六日）
28 「こをろ」の頃　2（「西日本新聞」八一年十二月二十四日）
29 島尾敏雄を憶ふ（「新潮」八七年一月）

30　『矢山哲治全集』に寄せて（『矢山哲治全集』付録、八七年八月）
31　私の知る小島直記氏（『小島直記伝記文学全集』第15巻月報、八七年十二月）
32　この三十年（「現代詩手帖」九〇年六月）
33　書肆ユリイカと伊達得夫（「季刊銀花」118号、九九年六月）
34　眞鍋呉夫（一頁人物論）（「群像」九六年十二月）
35　眞鍋呉夫の生前葬（「西日本新聞」九七年十一月二十日）
36　回想的散策（「正論」九四年年五月）
37　没になつた原稿（「季刊文科」九六年七月）
Ⅳ　**習作**（末尾に発表時の名前を記載）
失題（「青々」1号、四〇年一月、福田正次郎）
界（「こをろ」3号、四〇年七月、福田正）
妻見の手帖（「青々」5号、四六年十月。福田正次郎）
秋／山吹（「青々」3号、四一年十月、福田正）
雪のふる夜は／阿呆鳥（「止里可比」4号、四四年九月、那珂太郎）
句抄（「青々」3／4号、四一年十月／四二年九月、福田正）

Ⅰ～Ⅲの随筆に関して、2・16～21・24～26は『鬱の音楽』、1・3～11・27・28は『はかた幻像』、12・13・22・29～32は『時の庭』、14・15・23・34～37は『木洩れ日抄』を、それぞれ底本とした。33およびⅣ習作の作品は、単行本未収録である。

年月日表記では西暦年の一九を省略した。

著者は、歴史的仮名遣い、漢字は正字（旧字）を用いるのを基本とした。その根拠は、「Ⅲ　交友」「没になつた原稿」に明らかである（「交友」とは無縁の内容だが、著者の立場を理解していただくために収録した）。

（年譜・主要著書・初出一覧作成＝坂口博）

写真提供
福田治子、伊達田鶴子、眞鍋優、福岡市総合図書館

福岡市文学館選書 3

那珂太郎（なかたろう）はかた随筆集

著者　那珂太郎

発行日　2015年11月6日 発行
企画・編集　福岡市文学振興事業実行委員会
発行　福岡市文学館
〒814-0001　福岡市早良区百道浜3丁目7番1号
電話 092-852-0606
発売・制作　有限会社海鳥社
〒812-0023　福岡市博多区奈良屋町13番4号
電話 092-272-0120
FAX 092-272-0121
http://www.kaichosha-f.co.jp/
印刷・製本　大村印刷株式会社
デザイン　長谷川義幸 office Lvr

ISBN978-4-87415-963-7
［定価は表紙カバーに表示］